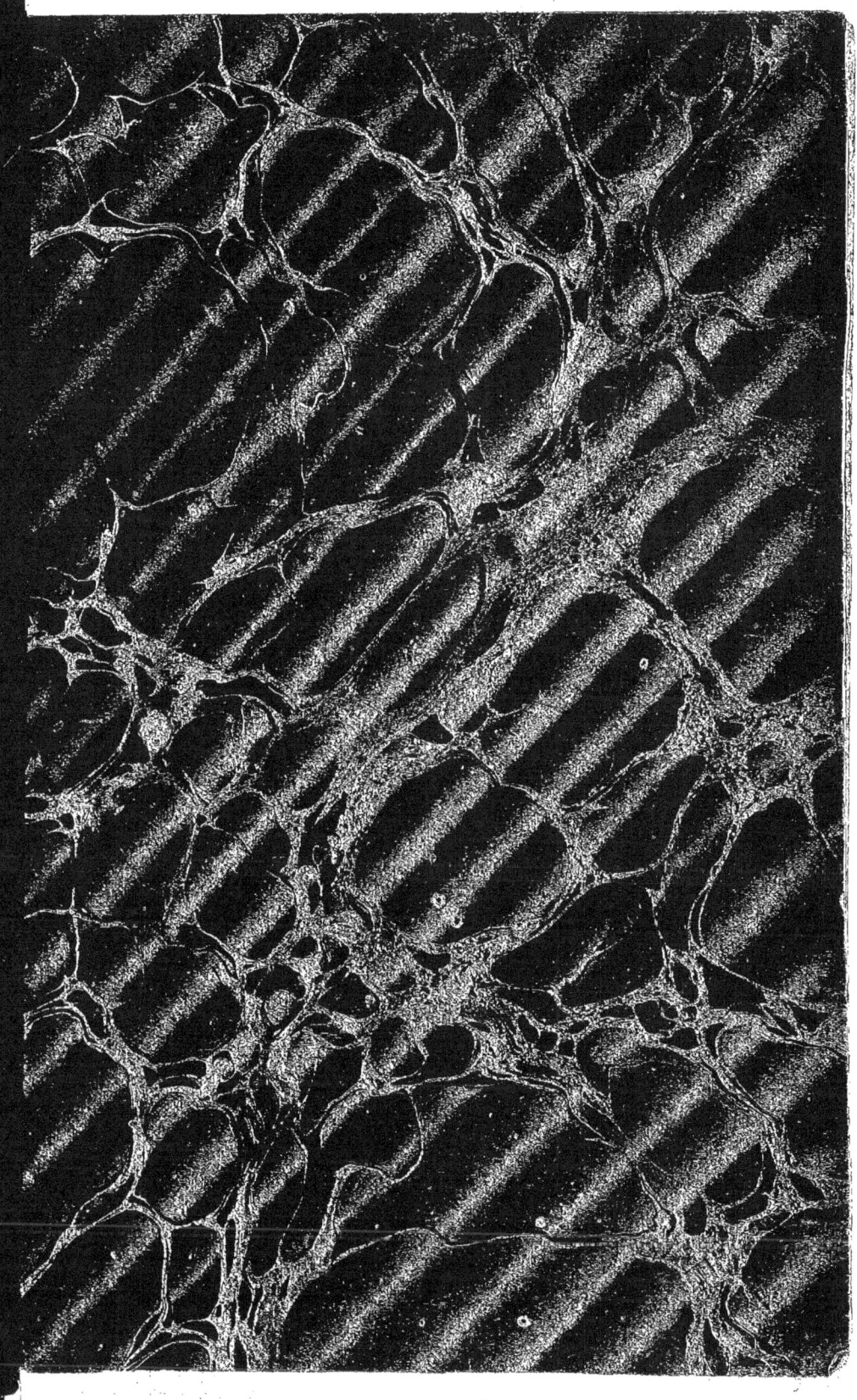

PHILIPPE LE BEL

ET

LES TOURNAISIENS

PAR

Armand d'HERBOMEZ,

ARCHIVISTE-PALÉOGRAPHE.

BRUXELLES,

F. HAYEZ, IMPRIMEUR DE L'ACADÉMIE ROYALE DES SCIENCES,
DES LETTRES ET DES BEAUX-ARTS DE BELGIQUE,

rue de Louvain, 112.

—

1893

PHILIPPE LE BEL

ET

LES TOURNAISIENS

PAR

Armand d'HERBOMEZ,

ARCHIVISTE-PALÉOGRAPHE.

BRUXELLES,

F. HAYEZ, IMPRIMEUR DE L'ACADÉMIE ROYALE DES SCIENCES,
DES LETTRES ET DES BEAUX-ARTS DE BELGIQUE,
rue de Louvain, 112.

—

1893

Extrait du tome IIIe, n° 1, 5me série, des *Bulletins de la Commission royale d'histoire de Belgique.*

PHILIPPE LE BEL

ET

LES TOURNAISIENS.

Le 6 octobre 1285, quand Philippe le Bel montait sur le trône de France, la puissance de la commune de Tournai était modeste. Lorsque ce roi mourut, le 23 novembre 1314, tout autre était la situation. Pendant les vingt-neuf années de ce grand règne, la commune de Tournai avait vu ses privilèges s'accroître et ses droits s'affermir; elle avait absorbé successivement les divers pouvoirs qui limitaient le sien ; elle avait acquis dans la ville de Tournai les deux quartiers qu'elle ne possédait pas auparavant; elle s'était constitué, de plus, une banlieue importante aux dépens de l'Empire, et elle avait refait ses remparts de telle façon qu'elle était devenue une vraie forteresse, digne de servir de base à toutes les opérations militaires des Français en Flandre. Ces résultats remarquables étaient dus à la collaboration de Philippe le Bel et de la commune de Tournai, et ils profitèrent à l'un autant qu'à l'autre. C'est ce que nous allons tâcher de mettre en lumière.

*
* *

A l'avènement de Philippe le Bel, la commune de Tournai n'avait dans son pouvoir que la *Cité*, qui comprenait toute la portion de la ville de Tournai située sur la rive gauche de l'Escaut, et le *Bourg*, comme on appelait le quartier de Saint-Brice, sur la rive droite du fleuve. Elle possédait, en outre, une petite banlieue, dont les bornes actuelles du territoire de Tournai, vers Froyennes, Orcq, Ere et Chercq, marquent à peu près les limites. Cette banlieue tout entière était dans le Tournaisis, sur la rive gauche de l'Escaut. En face, sur l'autre rive, dans le comté de Hainaut, non seulement la commune de Tournai n'avait pas de banlieue, mais même elle ne possédait pas toutes les parties de l'agglomération tournaisienne.

Des trois quartiers de la ville de Tournai situés sur la rive droite de l'Escaut, le Bourg de Saint-Brice seul faisait partie de cette commune. Il y était annexé depuis un temps immémorial, et la charte de commune octroyée par Philippe-Auguste à la ville de Tournai en 1187 (v. st.) (1), l'assimilait déjà complètement à la Cité. Quant aux deux autres quartiers de la rive droite, c'étaient ceux du Bruille, autrement dit du *Château*, et des Chauxfours, appelé généralement la *Ville*. Ils appartenaient, le premier à la châtelaine de Tournai, Marie de Mortagne; le second au comte de Saint-Pol. Tous deux échappaient ainsi à l'autorité des magistrats communaux de Tournai.

Ces magistrats étaient des prévôts, des jurés et des échevins, élus par des eswardeurs (*inspectores*), désignés eux-mêmes par tous les chefs de famille. Les prévôts étaient à la tête de la magistrature communale à Tournai. Ils étaient au nombre de deux et constituaient en quelque sorte le pouvoir exécutif, alors que les jurés, parmi lesquels les prévôts étaient toujours pris, formaient l'assem-

---

(1) Cette charte est publiée, comme on sait, dans les *Ordonnances des rois de France*, t. XI, p. 248.

blée délibérante. Ainsi, tandis que les jurés d'autrefois correspondent aux conseillers communaux d'aujourd'hui, les anciens prévôts reconnaitraient leurs successeurs dans les modernes bourgmestres et échevins.

La charte de commune de 1187 (v. st.), copiée sur ce point par celle de 1211 (1), fixe à trente le nombre des jurés tournaisiens; la charte de février 1370 (v. st.) (2) ramène ce nombre à vingt. Sous Philippe le Bel, ils étaient encore trente, élus par paroisse et renouvelés chaque année, le 13 décembre, le jour de la fête de sainte Luce. Ils ne délibéraient pas seulement sur les affaires administratives de la commune de Tournai; réunis aux prévôts, ils constituaient aussi un tribunal dont la compétence était très étendue, et qui avait droit de vie et de mort sur les criminels (3).

Les échevins de Tournai étaient désignés chaque année, le 13 décembre, en même temps que les prévôts et les jurés. Ils étaient au nombre de quatorze, dont sept constituaient l'échevinage de la Cité, et les sept autres l'échevinage de Saint-Brice. Bien qu'ils fussent appelés souvent à délibérer, avec les prévôts et les jurés, sur les affaires communales, les échevins étaient plus spécialement chargés de ces fonctions que remplissent aujourd'hui les notaires. Ils recevaient tous les actes, ventes, donations, testa-

---

(1) Elle a été publiée notamment par Gachard, dans ses *Documents niédits*, t. Ier, p. 93.

(2) On trouve la partie de son texte la plus importante dans le *Glossaire* de Du Cange, au mot *Warda*.

(3) Les chartes de commune de 1187 (v. st.) et 1211 fournissent une infinité de détails sur la compétence des prévôts et jurés de Tournai, en matière criminelle surtout.

ments, etc.; ils surveillaient les intérêts des orphelins; ils nommaient les tuteurs et vérifiaient les comptes de leur tutelle; ils avaient également le contrôle des opérations effectuées par les exécuteurs testamentaires. Il est rare qu'ils soient visés dans les lettres que Philippe le Bel envoie aux magistraux communaux de Tournai. Presque toujours, dans ces lettres, le roi s'adresse exclusivement aux prévôts et aux jurés.

***

Les chartes de commune de 1187 (v. st.) et 1211 avaient attribué à ces magistrats une puissance réellement très grande. Mais, si considérable qu'elle nous apparaisse, lorsque nous la comparons avec celle des conseillers communaux de nos jours, cette puissance était, dans les premières années du règne de Philippe le Bel, limitée, entravée par toute une série de pouvoirs étrangers qui tendaient à annihiler celui de nos prévôts et jurés. Le principal de ces pouvoirs rivaux, c'était celui de l'évêque de Tournai (1).

Cet évêque exerçait son autorité dans toute la Cité, le quartier le plus important de la ville de Tournai, celui

---

(1) La ville de Tournai dépendait de deux évêques différents : celui de Tournai pour la rive gauche, et celui de Cambrai pour la rive droite de l'Escaut. Nous ne parlons ici que de l'évêque de Tournai, et point de l'évêque de Cambrai, dont l'autorité spirituelle cependant s'étendait sur le bourg de Saint-Brice, parce que nous n'avons rencontré aucun document de nature à nous faire croire qu'il y ait eu, sous Philippe le Bel, un conflit quelconque entre la commune de Tournai et l'évêque de Cambrai.

qui s'étend sur la rive gauche de l'Escaut. Sous Philippe
le Bel, cette autorité épiscopale n'était plus guère que
spirituelle. Cependant, du temps où ses prédécesseurs
possédaient une sorte de pouvoir temporel dans le Tournaisis, l'évêque de Tournai avait conservé un certain
nombre de ces droits que nous appelons *régaliens*. Ils
reposaient uniformément sur la fausse charte en vertu de
laquelle Chilpéric avait, disait-on, concédé à l'église de
Tournai, en 562, une foule de privilèges (1). Mais, bien
qu'à toute époque la réalité de ces droits eût été contestée
par les rois de France comme par la commune de Tournai,
l'évêque n'en était pas moins parvenu à conserver des
avantages fiscaux, et surtout une juridiction qui, trop souvent, nuisait à celle des magistrats communaux.

Ce fut une préoccupation constante chez Philippe le Bel
de maintenir la concorde entre l'évêque et la commune de
Tournai. Son intérêt à ménager le premier était aussi
grand que celui qu'il avait à entretenir avec les Tournaisiens les relations les plus amicales. Il fallait sans doute
au roi de France, dans Tournai, un évêque dévoué à la
couronne; car l'évêque de Tournai avait le gouvernement
spirituel de toute la Flandre, et pouvait, le cas échéant, en
mettant sa puissance épiscopale au service du roi, prêter
à ce dernier, contre les Flamands, un concours précieux.
Avoir l'évêque de Tournai pour soi, c'était donc, pour le
roi de France, s'assurer un allié puissant; l'avoir contre
soi, au contraire, c'était compter un ennemi qui valait une

---

(1) On trouve le texte de cette charte de Chilpéric, notamment
dans les *Monumenta Germaniæ : Diplomatum Imperii*, t. I, p. 130,
où elle est rangée parmi les *Diplomata spuria*.

armée. Mais, d'autre part, les Tournaisiens habitent une place forte qui commande le cours de l'Escaut et ferme les routes de la Flandre et du Hainaut vers la France. Les Tournaisiens sont les fidèles gardiens de cette forteresse de la frontière du nord; et, avec les projets de Philippe le Bel, il est plus que jamais important qu'ils la conservent solidement. Les Tournaisiens sont donc à ménager tout autant que l'évêque. C'est pourquoi Philippe le Bel, dans tous ses actes destinés à régler des difficultés survenues entre l'évêque et la commune de Tournai, s'efforcera de maintenir soigneusement la balance égale entre ces deux parties.

S'il y est parvenu, si même il a réussi à augmenter quelque peu l'autorité de la commune de Tournai, et en même temps la sienne, sans porter à celle de l'évêque des coups trop sensibles, c'est apparemment que, sous son règne, les divers personnages qui occupèrent successivement le siège épiscopal de Tournai, ont tous été franchement dévoués à la France. Ces personnages ont été au nombre de trois : Michel de Warenghien, qui fut évêque de 1284 à 1291; Jean de Vassoigne, de 1292 à 1300, et Guy de Boulogne, de 1301 à 1324. Philippe le Bel a trouvé dans ces trois prélats des hommes de valeur, toujours disposés à entrer dans ses vues, et qui, sans consentir des concessions excessives, surent faire toutes celles qui étaient compatibles avec l'intérêt de leur diocèse et avec celui du royaume de France et de la commune de Tournai.

*
* *

Michel de Warenghien était donc évêque de Tournai quand Philippe le Bel monta sur le trône, en octobre 1285.

Au dire de Gilles le Muisit (1), l'évêque Michel était un homme instruit, simple et de bonnes mœurs; il était originaire de Lille, et il occupait la charge d'écolâtre, quand il fut choisi par les chanoines de Tournai, ses collègues, pour remplacer ce Philippe Muus, ou de Gand, qu'on a si longtemps confondu avec Philippe Mousket, le ménestrel. L'élection de Michel de Warenghien se fit au commencement de 1284. Philippe le Bel n'eut jamais lieu de la regretter. Presque au début de son règne, d'ailleurs, il avait pu apprécier les dispositions conciliantes de l'évêque Michel, quand, au mois de juillet 1286, deux commissaires (*auditores*), envoyés par lui, s'étaient rendus à Tournai pour terminer une querelle entre l'évêque et la commune. Il s'agissait de la monnaie de Tournai. L'évêque prétendait qu'il avait le droit « de faire battre et forgier monnoye en » la chité de Tournay, et que ladite monnoye faite devoit » y estre receue frankement et apiertement », comme la chose s'était toujours faite sous ses prédécesseurs. La commune de Tournai contestait ces allégations de l'évêque. La matière était délicate, surtout parce qu'il fallait rendre une sentence qui ne froissât ni l'évêque, ni la commune.

Les commissaires royaux, Jean de Flaci, doyen d'Orléans et chanoine de Laon, et Guillaume d'Hangest, le futur bailli de Vermandois, y parvinrent en décidant ingénieusement que l'évêque pourrait continuer de battre la monnaie, mais que désormais, avant de la mettre en circulation, il serait tenu de la soumettre à l'essai des magistrats communaux de Tournai (2).

---

(1) Chronique publiée par le chanoine De Smet dans son *Corpus chronicorum Flandrie*, t. II, p. 164.

(2) Cf. ci-après la Preuve III et la note qui l'accompagne.

L'année qui suivit, Michel de Warenghien rendit au roi le grand service de porter plainte, au parlement de Paris, contre le comte de Flandre qui, disait-il, avait reçu l'hommage du châtelain de Tournai au détriment des droits épiscopaux. Il est probable que l'idée de cette plainte a été suggérée à l'évêque Michel par Philippe le Bel. En tout cas, c'est au roi qu'elle profita le plus, car elle lui fournit l'occasion d'abattre, dans le Tournaisis, tout ensemble le pouvoir du châtelain de Tournai et celui du comte de Flandre. Un acte du 29 juin 1287, document précieux, publié par M. Léopold Delisle (1), en fournit une preuve convaincante.

Depuis que le roi Philippe-Auguste, en décembre 1187, était venu faire reconnaître son pouvoir direct en Tournaisis, les comtes de Flandre n'avaient cessé de susciter des difficultés aux rois de France dans cette petite province. Appuyés sur les châtelains de Tournai, qui leur prêtaient hommage pour le château de cette ville, et qui possédaient dans le Tournaisis des biens immenses, ils avaient, sans relâche, travaillé à y rendre inutile le pouvoir des rois de France. On conçoit qu'un prince du tempérament de Philippe le Bel ait voulu mettre fin à ces agissements. Quand la plainte de Michel de Warenghien parvint au parlement, elle y fut donc parfaitement accueillie; d'autant mieux que l'évêque déclarait hautement que le comte de Flandre ne portait pas seulement préjudice aux droits épiscopaux, en recevant l'hommage du châtelain de Tournai pour les alleux et la justice des alleux du Tour-

---

(1) Dans sa *Restitution d'un volume des Olim*. Cf. à ce sujet notre Preuve VI.

naisis, mais aussi qu'il violait, ce faisant, les droits du roi
à raison de sa régale. Naturellement, le comte de Flandre
protesta énergiquement, et l'acte du 29 juin 1287, cité
plus haut, nous dit que ce fut seulement *post multas alter-
cationes* qu'il se résolut, en présence du roi et de son
conseil, à déclarer que l'hommage en question serait con-
sidéré par lui comme nul et non avenu. Mais, en dépit de
toutes les résistances, le roi, comme on le voit, parvint à
ses fins; et le résultat obtenu par lui avec le concours de
l'évêque Michel était grand, puisqu'il n'allait à rien moins
qu'à détruire les prétentions d'un vassal et à fortifier le
pouvoir direct du souverain dans le Tournaisis.

*
* *

Jean de Vassoigne, le successeur de Michel de Warenghien, ne rendit pas à Philippe le Bel de moindres ser-
vices. Ce prélat avait été avocat au parlement de Paris, et
c'était, paraît-il, un juriste excellent. On peut faire remonter
son élection à l'évêché de Tournai aux derniers jours de
l'année 1291, car Michel de Warenghien était mort le
15 novembre, et dès le 23 du même mois, le chapitre de
Tournai sollicitait du roi l'autorisation de nommer un successeur au défunt évêque (1). Gilles Le Muisit dit positi-
vement (2) que le roi fit faire des démarches auprès des
chanoines de Tournai pour amener l'élection de Jean de
Vassoigne. Il faut en croire sans peine le chroniqueur

---

(1) Voir à ce sujet notre mémoire : *Élections d'évêques à Tournai
au moyen âge* (Extrait du tome XXIV des *Bulletins de la Société historique et littéraire de Tournai*), p. 25.

(2) *Loc. cit.*, p. 166.

tournaisien ; car Jean de Vassoigne qui, au moment de son élection, était garde des sceaux de France en même temps que chanoine de Tournai, devait être un candidat absolument selon le cœur de Philippe le Bel. Il sut du reste mettre à profit la bienveillance du monarque à son égard pour en obtenir des faveurs de toute sorte.

La principale, peut-être, est celle qui fut accordée à l'église de Tournai au mois de novembre 1293 (1), quand Philippe le Bel déclara qu'il prenait cette église sous sa protection spéciale, et qu'elle ne serait jamais à l'avenir détachée de la couronne de France. Mais il convient d'observer qu'un tel privilège pouvait être plus utile encore au roi qui l'octroyait, qu'à l'église appelée à en bénéficier. En prenant cette église sous sa sauvegarde, en effet, Philippe le Bel se donnait le droit d'y imposer, le cas échéant, un administrateur, un *gardiator* de son choix. Il ne saurait être douteux, étant donné le caractère de Philippe le Bel, que cette éventualité a pu inspirer au roi sa charte du mois de novembre 1293.

Le 11 mars 1294, le roi rendit une ordonnance qui constitue pour l'histoire des rapports de l'évêque avec la commune de Tournai un document capital (2). Les points nombreux sur lesquels il y avait désaccord entre les deux parties, sont minutieusement réglés dans cette ordonnance royale, où l'on aperçoit nettement la préoccupation de plaire à la commune sans déplaire à l'évêque. L'accord fut procuré par des commissaires royaux, à la tête desquels

---

(1) Cf. la Preuve XXV ci-après.

(2) On en trouvera le texte ci-après, sous le n° XXVII de nos Preuves.

était l'archevêque de Narbonne. Il semble que l'évêque
Jean de Vassoigne s'y soit prêté de son mieux.

C'est pour cela, peut-être, que Philippe le Bel lui accordait, au mois de novembre de cette même année 1294,
des privilèges importants pour sa seigneurie d'Helchin.
Au nord du Tournaisis, au delà du grand Espierre qui, de
ce côté, marque la limite de cette province, est un petit
territoire qui dépend de la Flandre flamingante, mais qui,
depuis longtemps, constitue un domaine propre des
évêques de Tournai. Ce domaine est composé de tout ou
partie des villages d'Helchin, de Saint-Genois, de Bossuyt
et d'Espierre. Helchin en est la capitale. La situation de ce
territoire est très intéressante, parce que, bien qu'il soit
situé dans le comté de Flandre, comme il appartient à
l'évêque de Tournai qui est un évêque de France, le roi ne
cesse de prétendre que la seigneurie d'Helchin relève de
lui directement. Or, Michel de Warenghien avait fait con-
struire à Helchin un château fort (1) qui avait augmenté
l'importance de la seigneurie. Jean de Vassoigne obtint du
roi deux chartes qui l'augmentèrent encore. Toutes deux
sont de novembre 1294 (2). Par la première, Philippe le
Bel concéda à l'évêque le *pavagium* à Helchin pour deux
années. Par la seconde, il lui permit d'établir un marché
qui se tiendrait tous les mardis audit Helchin.

Il est permis de supposer que c'est en vue d'obtenir ces
concessions que Jean de Vassoigne a cru devoir en faire
à Philippe le Bel une qui est célèbre parmi les numismates.
Le 24 janvier 1295, il lui céda, pour quatre années, le droit

---

(1) Cf. G. Le Muisit, *loc. cit.*, p. 165.
(2) Preuves XXVIII et XXIX.

de battre, concurremment avec lui, sa monnaie à Tournai. C'était un acte considérable, parce qu'il constituait l'abandon d'un droit sur lequel les évêques de Tournai s'étaient auparavant montrés intraitables, et que cet abandon, qui d'abord n'apparut que comme provisoire, finit par devenir perpétuel (1).

On trouvera parmi les documents qui accompagnent ce mémoire et lui servent de preuves, d'autres pièces relatives à l'épiscopat de Jean de Vassoigne et à ses rapports avec le roi de France et la commune de Tournai. Celles sur lesquelles nous venons d'attirer l'attention suffisent à montrer l'importance de ces rapports. S'ils attestent assez faiblement que Jean de Vassoigne a, comme le dit G. Le Muisit (2), toujours soutenu contre tous, bourgeois ou autres, les droits de l'église de Tournai, ils témoignent aussi que le roi de France n'eut pas à regretter d'avoir fait un évêque de Tournai de son ancien garde des sceaux.

*
* *

Jean de Vassoigne mourut, croyons-nous, au commencement de l'an 1300, et en juin de cette même année, le chapitre de Tournai s'efforçait, sans y parvenir, de lui donner un successeur. Nous avons raconté ailleurs les détails de cette affaire très curieuse (3). Le roi désirait probablement l'élection d'Étienne de Suizy, qui fut garde des sceaux de France, comme Jean de Vassoigne l'avait

(1) Cf. ci-après la Preuve XXXI.
(2) *Loc. cit.*, p. 166.
(3) *Élections d'évêques à Tournai au moyen âge*, pp. 8 et suiv.

été, et qui mourut cardinal. Mais il ne réussit pas à faire élire son protégé, malgré l'appui plus qu'énergique que lui prêta Pierre de Latilly, chanoine de Tournai, futur évêque de Châlons, et l'un des ministres préférés de Philippe le Bel. Et il fallut qu'une sorte de coup d'autorité mît sur le siège épiscopal de Tournai, après une vacance de plus d'une année, un nouvel évêque. Il fut désigné directement par le pape Boniface VIII, dans une bulle du 28 février 1301 (1). Le nouvel évêque s'appelait Guy de Boulogne, et il était le frère de Robert VI, comte de Boulogne et d'Auvergne. C'était un fort grand seigneur, très dévoué au roi de France, comme le comte son frère. Le pape le choisit, à la demande du roi et sans l'avis du chapitre. Il occupa pendant vingt-quatre ans le siège épiscopal de Tournai, avant d'être transféré sur celui de Cambrai.

Les actes de Philippe le Bel, qui peuvent montrer les rapports du roi avec l'évêque Guy de Boulogne et, d'autre part, ceux de cet évêque avec la commune de Tournai, sont rares et peu intéressants. Il suffira de mentionner ceux du 20 avril 1304, du 14 novembre 1306 et du mois de janvier 1307, dont nous donnons ci-après le texte (2). Mais il faut signaler auprès d'eux la lettre du 20 juillet 1302 (3), parce qu'elle montre Guy de Boulogne mêlé aux guerres de Flandre. C'est le seul document de ce genre

---

(1) Elle est datée de Latran, le 2 des calendes de mars, l'an VII du pontificat. Nous en avons trouvé le texte dans le registre 50 (f° 6ᵇ) des Archives du Vatican. Il peut n'être pas inutile de signaler ici que ce même registre contient, pour l'évêché de Tournai, des bulles en très grand nombre.

(2) Preuves LXII, LXXI, LXXII et LXXV.

(3) Preuve LII.

que nous ayons rencontré ; et il est malheureusement loin de satisfaire notre curiosité au sujet du rôle joué par l'évêque Guy dans la querelle entre le roi de France et le comte de Flandre.

Il est très certain que ce rôle a dû être important, et que, tout autant que Jean de Vassoigne, son prédécesseur, Guy de Boulogne, a prêté au roi un concours efficace contre les Flamands. Cependant, l'action politique de ces deux prélats n'a pas, jusqu'ici, attiré l'attention. Il serait, croyons-nous, très intéressant de l'étudier pour éclairer certains points de l'histoire générale. Jean de Vassoigne et Guy de Boulogne (comme d'ailleurs tous les autres évêques de Tournai jusqu'au jour où le Tournaisis fut cédé par François Ier à Charles-Quint) se sont trouvés dans une situation des plus délicates. Par leur dépendance simultanée des rois de France et des comtes de Flandre, ils ont dû être les intermédiaires naturels, les agents diplomatiques tout désignés pour amortir les chocs, et pour suivre les négociations sans cesse pendantes entre leurs deux souverains. N'y a-t-il pas, dans ces conditions, de grandes chances pour que l'étude du rôle politique des évêques de Tournai soit fertile en révélations ?

*
* *

A côté de l'évêque, il y eut toujours, dans Tournai, un chapitre composé des chanoines de l'église cathédrale de Notre-Dame. Ce chapitre était riche et puissant. A l'avènement de Philippe le Bel, il jouissait encore de droits immenses, contraires à ceux de la commune de Tournai. Vingt-neuf années plus tard, quand le roi mourut, ces droits capitulaires étaient sensiblement réduits, et la concorde régnait entre le chapitre et la commune comme elle n'avait jamais régné auparavant.

On se tromperait si l'on croyait que ces résultats furent obtenus sans peine. S'il avait suffi que l'évêque de Tournai fût dévoué au roi de France pour rendre facile l'apaisement des difficultés que la commune avait avec cet évêque, au regard du chapitre la situation était différente. Ce chapitre, en effet, se composait d'un grand nombre de chanoines (1) d'origines diverses, les uns tirés de la partie française du diocèse, et généralement dévoués au roi de France; les autres, Flamands, et qui embrassaient d'ordinaire le parti du comte de Flandre. Cette situation était peu favorable pour amener la solution des questions difficiles, celles où l'accord était nécessaire au sein du chapitre. Aussi l'élection des évêques, par exemple, cette mission si importante dévolue aux chanoines, donnait-elle lieu toujours, dans le chapitre de Tournai, à des discussions passionnées. Philippe le Bel, néanmoins, parvint à entretenir avec ce chapitre de bonnes relations, et il réussit de même à maintenir la paix entre les chanoines et la commune. Mais les événements qui, dans la seconde moitié de son règne, vinrent bouleverser si profondément ses rapports avec la Flandre, contribuèrent vraisemblablement à augmenter l'influence du roi sur le chapitre de Tournai.

En novembre 1293, le roi avait pris l'église de Tournai sous sa protection. Nous l'avons rappelé déjà et nous avons donné le motif probable de l'attitude du souverain dans cette circonstance. Deux années auparavant, si l'on devait

---

(1) Il y en avait au moins trente en 1300. Cf. à ce sujet notre mémoire : *Élections d'évêques à Tournai*, etc., passim.

2

admettre l'authenticité de l'acte du mois de février 1291
analysé ci-après (1), il aurait ratifié le diplôme de Chilpéric, du 1ᵉʳ mai 562, par lequel ce roi mérovingien aurait
fait à l'église de Tournai des donations extraordinaires.
Mais il faut aujourd'hui croire que cet acte de Philippe le
Bel est aussi faux que le diplôme qui s'y trouve vidimé et
ratifié (2).

C'est sur ce faux diplôme que le chapitre de Tournai
basait toutes ses prétentions; c'est sur lui que reposaient
tous les droits, tous les privilèges qu'il disait avoir à
Tournai. On ne saurait donc s'étonner que des avantages
dont le point de départ était si suspect aient été, à toute
époque, énergiquement contestés au chapitre par la commune de Tournai. Le chapitre, néanmoins, possédait
encore, dans les dernières années du XIIIᵉ siècle, la plupart de ces avantages. Mais il allait perdre les plus importants par la cession qu'il fit à la commune, le 16 mai 1293,
pour une rente annuelle de 300 livres parisis (plus de
30,000 francs de notre monnaie), de tous les droits de
tonlieu qu'il percevait à Tournai. Il est permis de supposer que le roi Philippe le Bel s'est entremis dans cette
affaire pour en amener l'heureux succès. Mais ce qui est
certain, c'est que, dès le mois d'août 1293, il ratifiait l'acte
du 16 mai, portant accord entre le chapitre et la commune (3). Quelques années auparavant, en mai 1286, il

---

(1) Preuve XV.

(2) On peut voir, à ce sujet, ce que nous avons dit dans notre
article : *Le voyage de Philippe-Auguste à Tournay en 1187*, paru
dans la livraison d'octobre 1891 de la *Revue des questions historiques*.

(3) Preuve XXIV.

avait ratifié de même un accord passé entre les mêmes
parties, relativement au droit de juridiction que le chapitre prétendait avoir sur toutes personnes relevant, à un
titre quelconque, de l'église de Tournai (1).

Mais, entre la commune et le chapitre, l'incompatibilité
d'humeur était telle que, à peine une difficulté était-elle
apaisée, une autre prenait naissance. Tantôt c'était à propos de vins vendus à Tournai, en fraude des droits du
chapitre (2); une autre fois ce fut parce que la commune
refusait sa protection aux chanoines, comme elle l'accordait
à ses bourgeois.

Tous les ans, les magistrats communaux de Tournai
publiaient un édit de bannissement contre les meurtriers
des Tournaisiens. Or, cet édit, promulgué pour la sûreté
des bourgeois et des manants de Tournai, ne protégeait
ni les chanoines, ni les clercs. On conçoit le tort que ce
silence de l'édit à leur égard leur pouvait causer, puisqu'il
assurait une quasi-impunité aux gens qui usaient de vio-
lence, à Tournai, contre les clercs. Le chapitre réclama
donc énergiquement contre les termes de l'édit communal,
et, au mois de janvier 1296, le parlement de Paris, sur la
plainte des chanoines, décidait qu'ils seraient, à l'avenir,
visés dans l'édit (3). Cette décision qui, en somme, paraît
tout à fait légitime, ne fut pas du goût des magistrats
communaux de Tournai. Ils mirent à l'appliquer une
mauvaise volonté inexplicable, et telle, qu'il fallut que le

---

(1) Preuve II.

(2) Cf. la charte du mois de janvier 1296 publiée ci-après,
Preuve XXXV.

(3) Preuve XXXVI.

roi et son parlement intervinssent de nouveau pour les y contraindre, d'abord en décembre 1296, puis en décembre 1312 (1), après que çes magistrats, pour éluder la décision parlementaire, eurent modifié les termes de leur édit.

*
* *

Entre la commune et l'abbaye de Saint-Martin de Tournai, l'animosité n'avait jamais été aussi vive qu'entre le chapitre et la commune. Cependant l'accord n'avait pas toujours régné. Il se fit complètement sous Philippe le Bel, et grâce à lui.

Saint-Martin était une abbaye de bénédictins située dans la Cité de Tournai, sur la rive gauche de l'Escaut. Par sa situation en Tournaisis comme par le lieu d'origine de ses moines, c'était une abbaye toute française. Gilles Le Muisit a pris soin de nous transmettre la liste des soixante-quatre religieux de Saint-Martin en 1289 (2). Tous leurs noms indistinctement sont français. Il en fut de même à toute époque, et quand Saint-Martin abrita des Flamands, ce ne fut qu'à titre exceptionnel. C'est dans cette abbaye que les rois et tous les grands personnages prenaient leur logis quand ils venaient à Tournai, et plus d'une fois Philippe le Bel y séjourna.

Au temps de ce grand prince, la situation de l'abbaye, autrefois très brillante, devint précaire. L'abbé Jean Carpentier avait commencé de porter le désordre dans ses finances, et les guerres de Flandre accélérèrent sa ruine.

---

(1) Cf. les Preuves XXXVIII et XCIX ci-après.
(2) *Loc. cit.*, p. 131.

Aussi le roi se vit-il obligé d'user d'un droit qu'il possédait, en donnant un administrateur royal à Saint-Martin.

S'il faut ici attacher pleine créance à Gilles Le Muisit,
cette désignation, du reste, n'aurait servi de rien, et la
situation du monastère aurait continué de s'aggraver...
jusqu'au jour où, pour le sauver, le même Gilles Le Muisit
en eût pris la direction en qualité d'abbé.

En octobre 1285, quand Philippe le Bel succéda à son
père, la commune de Tournai et l'abbaye de Saint-Martin
plaidaient l'une contre l'autre devant le parlement de
Paris. Le sujet de leur querelle était le droit de juridiction
de l'abbé dans l'enceinte du monastère. Mais cette question
prenait une gravité particulière à raison des limites de
cette enceinte qui, sur une grande partie de son contour,
se confondait avec celle de la Cité de Tournai. Dans un
temps où le roi poussait vivement les Tournaisiens à
refaire les murailles de cette Cité, on conçoit qu'il ait senti
l'intérêt de leur en assurer partout la pleine propriété.
C'est évidemment pour ce motif, et parce que le désaccord
entre la commune et Saint-Martin pouvait nuire à la sûreté
de la ville de Tournai, qu'on vit le roi de France pousser
les deux parties à terminer leur différend par un arbitrage,
sans attendre la décision du parlement. La sentence arbi-
trale est du mois d'octobre 1285; elle fut ratifiée par le roi
en décembre de cette même année (1). Elle spécifiait les
droits de l'abbé dans l'intérieur du monastère, où il ne
pouvait édifier ni fourche, ni gibet; mais elle faisait une
déclaration infiniment plus importante pour la commune
et pour le roi, en attribuant à la première la propriété des

---

(1) Preuve I.

murs qui clôturaient l'abbaye entre les portes Prime et De le Vigne.

On a d'autres actes qui se réfèrent à des négociations entre la commune de Tournai et l'abbaye de Saint-Martin, pour la réfection des remparts de Tournai à la fin du XIIIe et au commencement du XIVe siècle. Le plus curieux est celui du 22 janvier 1310 (1). Il nous apprend tout ensemble : 1° qu'à cette date une indemnité fut assurée par la commune à l'abbaye, parce qu'une partie de son domaine à Tournai avait été expropriée pour la fortification; et 2° que, le 2 avril 1301, à l'intervention de Guillaume d'Hangest, alors bailli de Vermandois, un accord avait été passé entre la commune et l'abbaye, « sour le
» contribution des coustenghes et des frés des murs et de
» le fortereche de le Cité de Tournai, si comme lidite
» fortereche se comprent encontre nodite abbeye, que il
» nous demandoient pour le raison de chou ke il disoient
» que nous et no abbeye estiens enclos et warandit de le
» fortereche et des murs devantdis ».

L'abbaye de Saint-Martin n'était pas la seule qu'il y eût à Tournai au temps de Philippe le Bel. Mais seule elle paraît avoir eu assez d'importance pour attirer l'attention du roi et de la commune de Tournai. Les deux autres monastères, installés tous deux sous les murs de la Cité, s'appelaient, le premier, Saint-Nicolas-des-Prés, *vulgo* Saint-Médard ou Saint-Mard, et l'autre, Notre-Dame-du-Conseil ou des Prés-Porçins. Saint-Nicolas-des-Prés était une abbaye d'hommes, de l'ordre de Saint-Augustin, et de

---

(1) Il est conservé à Tournai, dans les Archives communales (Chartrier, layette de 1309).

la congrégation d'Arrouaise (1). Elle était située non loin de Saint-Martin, vers le faubourg de Valenciennes. L'abbaye des Prés-Porçins se trouvait à l'autre extrémité de la Cité; on la trouvait hors les murs en sortant par la porte Sainte-Fontaine. C'était un monastère de femmes de l'ordre de Saint-Augustin, qui avait été fondé par l'évêque de Tournai, Wautier de Marvis, vers 1232, et qui se rattachait à la congrégation de Saint-Victor. Nous croyons que c'est dans son enceinte que se réunirent, en août 1314, autour d'Enguerrand de Marigny, le comte Jean de Namur et les autres grands personnages chargés d'assurer la paix entre la Flandre et Philippe le Bel (2).

*
* *

A côté des pouvoirs et des juridictions ecclésiastiques de l'évêque, du chapitre et de l'abbé de Saint-Martin, il y avait encore, dans l'enceinte de la Cité de Tournai, des pouvoirs laïques qui limitaient celui de la commune. C'étaient ceux du châtelain et de l'avoué de Tournai.

Ce dernier était, à la fin du XIII⁰ siècle, un personnage dont la puissance était fort déchue. Elle s'était effondrée presque tout entière en 1187, en même temps que le pouvoir temporel de l'évêque de Tournai, quand le roi Philippe-Auguste avait contraint cet évêque à faire l'abandon de ses prétentions à la souveraineté dans le Tournaisis.

---

(1) L'histoire et le cartulaire de l'abbaye de Saint-Nicolas-des-Prés ont été publiés par M. le chanoine J. Vos, dans les *Mémoires de la Société historique et littéraire de Tournai*, t. XI, XII et XIII.

(2) Cf. à ce sujet la Chronique de Gilles Le Muisit, *loc. cit.*, p. 204.

Néanmoins l'avoué, cet ancien défenseur de l'évêque, avait encore, au début du règne de Philippe le Bel, un certain nombre de droits, vestiges des temps passés et des fonctions anciennes. La commune de Tournai semble n'avoir pas eu grand'peine à le faire renoncer à ces droits, droits de justice ou de tonlieu, et, en 1287, l'avoué lui en céda tout au moins l'usage, moyennant une rente annuelle (1). L'avoué de Tournai était alors un chevalier qui s'appelait Renier Le Borne d'Aigremont. Quelques années après, le personnage qui portait le titre, devenu presque exclusivement honorifique, d'avoué de Tournai, Anselme d'Aigremont, était pensionné par le roi Philippe le Bel. Il figure, en effet, sur un rôle de 1303, intitulé : *Nomina militum Flandrie, et summa soluta eisdem, de termino Ascensionis,* et publié dans le *Recueil des historiens de France* (2).

L'origine des châtelains de Tournai ne remonte pas plus haut que le dernier quart du XIe siècle. Vers 1080, un neveu de Radbod, évêque de Tournai-Noyon, s'empara, à l'instigation très probable de son oncle, des châteaux de Mortagne, au confluent de la Scarpe et de l'Escaut, et de Tournai, situé en face de la Cité, dans une sorte d'île formée par deux bras de l'Escaut, et qu'on appelait le Bruille. Les successeurs d'Évrard prirent le nom de Mortagne et le titre de seigneurs de Mortagne et châtelains de Tournai. Après s'être reconnus d'abord les hommes de

---

(1) Cf. POUTRAIN, *Histoire de Tournai,* t. II, pp. 654 et suiv. Un acte d'avril 1293, conservé aux Archives communales de Tournai (Chartrier, layette de 1293), confirme celui de 1287, dont nous venons de parler, et qui est analysé longuement dans Poutrain.

(2) Tome XXII, p. 765.

l'évêque de Tournai, ils finirent par prêter l'hommage au comte de Flandre pour le château de Tournai comme pour la seigneurie de Mortagne. Ces seigneurs, outre leur château de Tournai, possédaient dans le Tournaisis une foule de droits et de biens-fonds qui leur assuraient une puissance énorme.

Vers 1280, le châtelain Jean mourut. Il ne laissait qu'une fille, Marie, qui devint dame de Mortagne et châtelaine de Tournai. Mais il avait plusieurs frères, entre les mains de qui était passée une part considérable des avantages attachés autrefois à la châtellenie de Tournai. Guillaume de Mortagne (1), l'aîné de ces frères du châtelain Jean, notamment, avait recueilli au Bruille, dans l'agglomération tournaisienne, des droits sur les cervoises, des droits de fournage du pain, etc., qui portaient ombrage aux Tournaisiens. Bien qu'il fût absolument hostile au roi de France et inféodé au parti du comte de Flandre, Guillaume de Mortagne, pressé peut-être par le besoin d'argent, céda à la commune de Tournai, en 1288 et 1289, tous les droits qu'il possédait au Bruille. Sa nièce, la châtelaine Marie, malgré l'opposition du comte de Flandre qui voyait à regret diminuer la puissance de ses vassaux, sa nièce l'imita, et céda, elle aussi, à la commune de Tournai tous ses droits de tonlieu et autres. Elle fit plus : elle lui vendit, dans les premiers jours de 1289, tout le quartier du Bruille ou du Château, avec la juridiction dans ce quartier, ne se réservant que l'habitation dans le château.

C'était un gros événement, dont nous avons ailleurs

---

(1) Il y a une notice sur ce personnage intéressant dans la *Revue d'histoire et d'archéologie*, t III, pp. 27 et suiv.

parlé en détail (1). Il fut amené très certainement par les
instances de Philippe le Bel. L'intérêt du roi, en effet, à
voir la commune de Tournai acheter le château, était
palpable, puisque, sans la possession de ce dernier, la
commune ne pouvait édifier de fortifications sérieuses. Or,
en 1277, on avait commencé à entourer la ville de Tournai de nouveaux remparts ; et tant qu'on n'avait travaillé
qu'à enclore la Cité du côté opposé à l'Escaut, les choses
avaient marché à souhait. Mais lorsqu'il s'agit de recon-
struire les remparts le long du fleuve, on observa tout de
suite qu'on ne ferait rien de solide si on laissait subsister
le château dont les fortifications commanderaient toujours
celles de la Cité. Voilà évidemment le principal motif pour
lequel la commune de Tournai acheta le quartier du
Château, à l'instigation probable du roi de France. Mais il
y en eut un autre : celui d'étendre la juridiction de la
commune sur un quartier constituant, dans la ville même
de Tournai, un lieu d'asile pour les gens qui avaient méfait
dans la Cité ou dans le Bourg de Saint-Brice (2).

* *
*

C'est pour des raisons toutes semblables, pour achever
d'étendre la juridiction des magistrats communaux dans
l'agglomération tournaisienne tout entière, et pour assurer
la fortification de la Cité et du Bourg, que la commune de

---

(1) Dans notre mémoire intitulé : *Comment le quartier du Château*
fut réuni à la Cité de Tournai en 1289. (Extrait du t. XXIV des
Bulletins de la Société historique et littéraire de Tournai.)

(2) Voyez ce que dit à ce sujet G. Le Muisit, *loc. cit.*, p. 171.

Tournai entreprit d'acquérir le quartier des Chaux fours (1). Ce quartier était situé en entier sur la rive droite de l'Escaut. Il faisait une sorte de pendant à celui du Château, dont il était séparé par le Bourg de Saint-Brice. Comme le quartier du Château, celui des Chauxfours était un lieu de refuge pour les malfaiteurs, et il était situé de telle sorte que ses fortifications pouvaient annuler en partie celles du Bourg et de la Cité. Aussi, à peine la commune de Tournai eut-elle terminé l'affaire de l'achat du Château, qu'elle entama celle de l'achat des Chauxfours.

En août 1289, ce quartier appartenait au comte Hugues de Saint-Pol, oncle de la reine Jeanne de France et allié toujours fidèle et dévoué de Philippe le Bel. On peut supposer que ces circonstances facilitèrent les négociations, et que le roi ne fut pas sans représenter au comte de Saint-Pol qu'il importait, dans l'intérêt de la sûreté du royaume, que la commune de Tournai possédât les Chauxfours. Quoi qu'il en soit, les négociations semblent n'avoir pas traîné en longueur, et le marché fut conclu rapidement (2). Mais cette affaire prit des proportions que n'atteignit pas celle de l'achat du Château.

Quand la commune de Tournai avait acheté ce château, elle n'avait acquis qu'un fragment du Tournaisis. Bien que l'île, peut-être artificielle, qui constituait le quartier du Château à Tournai, en effet, fût au delà du bras prin-

---

(1) Nous avons donné sur cette affaire tous les détails possibles dans notre mémoire intitulé : *Comment la commune de Tournai s'agrandit aux dépens du Comté de Hainaut à la fin du XIIIᵉ siècle.* (Extrait du t. XXIII des *Annales du Cercle archéologique de Mons.*)

(2) L'affaire fut faite en août 1289. Cf. la Preuve XII ci-après.

cipal de l'Escaut, une fiction avait fait admettre qu'elle était tout entière dans le Tournaisis, et, en cette qualité, elle dépendait naturellement du royaume de France. Les Chauxfours, au contraire, faisaient partie de l'Empire, puisque le *Pagus Bracbatensis*, dont ils n'étaient qu'une portion, relevait du comté de Hainaut. Il s'ensuivit des difficultés d'autant plus graves, qu'en même temps que le quartier même des Chauxfours, partie intégrante de l'agglomération tournaisienne, la commune de Tournai avait acheté du comte de Saint-Pol, Alain, Warchin, Rumillies et une partie de Kain, soit plus d'une lieue carrée de territoire, de façon à se constituer, sur la rive droite de l'Escaut, une banlieue analogue à celle qu'elle possédait déjà sur la rive gauche.

On a peine aujourd'hui à se former une idée du bruit qui se fit, à la fin du XIIIᵉ siècle, autour de cette affaire de la cession des Chauxfours et de ses annexes, par le comte de Saint-Pol à la commune de Tournai. Dès qu'elle est conclue, le comte de Hainaut, Jean d'Avesnes, proteste énergiquement, en son nom et au nom de l'Empire; et il commence par prétendre que le comte de Saint-Pol a outrepassé ses droits en vendant les Chauxfours sans sa permission (1). En droit féodal strict, Jean d'Avesnes, ici, avait raison. Mais on conçoit que le comte de Saint-Pol qui avait l'aveu du roi de France, bien plus, qui n'avait

_____

(1) Il faut voir à ce sujet le très précieux document qui se conserve à Paris aux Archives nationales (K. 1160, 1), et dont nous avons donné un extrait dans notre mémoire : *Comment la commune de Tournai s'agrandit aux dépens du comté de Hainaut*, etc., p 20.

agi probablement que pour lui obéir, ait cru pouvoir se
passer du consentement du comte de Hainaut, dont les
rapports avec Philippe le Bel étaient alors loin d'être bons.
Et quant à l'Empire, dont on menaçait le comte de Saint-
Pol, sa situation, alors plus troublée que jamais, n'était
pas pour effrayer ce comte quand il s'appuyait sur le roi
de France.

Jean d'Avesnes ne se borne pas aux protestations
verbales. Pour montrer le cas qu'il fait de la vente des
Chauxfours et de leurs annexes, il donne l'ordre à ses
officiers d'instrumenter dans la nouvelle banlieue de
Tournai. Il leur prescrit d'y continuer l'exercice de leurs
pouvoirs comme antérieurement à la vente. Il prouve
enfin par une série d'actes qu'il tient cette vente pour
nulle et non avenue. Parmi les lettres de Philippe le Bel
que nous publions ci-après, on en trouvera en grand
nombre qui sont relatives à ces agissements du comte de
Hainaut. Il est curieux de constater que ce comte persé-
vera dans son attitude et ses protestations bien longtemps
après qu'il fut entré dans l'alliance intime du roi de
France.

Ce qui avait donné à l'affaire de la vente des Chauxfours
une gravité exceptionnelle, c'est que Philippe le Bel s'était
empressé de déclarer hautement que ce que la commune
de Tournai avait acheté, se trouvait par là même acquis
au royaume de France. C'était une théorie grosse de
conséquences. Car enfin, s'il suffisait qu'une ville frontière
agrandît par achat son territoire pour agrandir d'autant
la France, où donc en pourrait-on venir? Le comte de
Hainaut comprit immédiatement la gravité de la situation;
et il semble que l'Empereur aussi l'ait comprise. Gilles Le

Muisit, en effet, nous dit (1) que le bruit courut, en 1289, que le roi d'Allemagne se proposait de venir vers Tournai. Comme le chroniqueur rapporte ce fait tout aussitôt après avoir raconté l'achat des Chauxfours par la commune de Tournai, nous croyons légitime de supposer que le voyage projeté de Rodolphe de Habsbourg se rattachait à cet événement.

Les oppositions à l'acte du mois d'août 1289, par lequel le comte Hugues de Saint-Pol avait cédé les Chauxfours et leurs annexes à la commune de Tournai, furent donc des plus vives. Mais l'autorité de Philippe le Bel en Europe était alors si grande, que toutes les protestations restèrent sans effet. La commune de Tournai demeura donc en possession de son nouveau territoire de la rive droite de l'Escaut. Le roi la défendit énergiquement contre toute tentative de nature à la troubler dans cette possession; il exigea que le comte de Hainaut fît amende honorable pour les torts qu'il avait causés aux Tournaisiens; et il finit par être admis, universellement et sans conteste, que la commune de Tournai, avec ses quartiers de la rive droite comme de la rive gauche de l'Escaut, et avec toute sa banlieue sur l'une et l'autre rive du fleuve, était en entier du royaume de France.

* *

A la fin de l'année 1289, la puissance des magistrats communaux de Tournai s'était donc accrue d'une façon singulière. Ils avaient réglé la plupart de leurs différends avec

_____

(1) *Loc. cit*, p. 172. Voici la phrase du chroniqueur : « Et quodam tempore venerunt nova quod rex Alemannie venire versus Tornacum proponebat... ».

les autorités rivales, de l'évêque, du chapitre, de l'abbé de Saint-Martin, du châtelain, de l'avoué. Ils avaient fait passer dans leurs mains le plus grand nombre des droits que des seigneurs étrangers possédaient dans leur ville. Ils avaient enfin acquis, dans cette ville ou au dehors, tout le territoire qui leur était nécessaire pour exercer utilement leur juridiction ou pour assurer à leur ville une fortification efficace. Tous ces résultats extraordinaires avaient été obtenus, en moins de quatre années, par l'accord parfait du roi et de ses fidèles Tournaisiens. Mais au prix de quels sacrifices, et avec quelles ressources financières? C'est ici le lieu de se le demander.

De nos jours, si une ville agrandissait son territoire dans l'intérêt général du pays, si elle dépensait des sommes énormes pour sa fortification, tout le monde se trouverait d'accord pour mettre ces dépenses à la charge de l'État. Il n'en était pas de même au moyen âge. Se fortifier, c'était alors, pour une ville, un intérêt en quelque sorte personnel de premier ordre. Une ville qui n'avait pas de solides remparts était une proie offerte à tous les malandrins, pendant la paix comme pendant la guerre. Aussi était-ce, pour ses bourgeois, faire un placement de fonds véritable, que de dépenser largement pour assurer la sécurité de leur ville, et éviter des déprédations trop certaines, peut-être même la ruine complète. La commune de Tournai était donc la première intéressée à sentir l'agglomération de ses maisons ceinte d'une forte muraille, à voir la puissance assez paternelle, en somme, de ses magistrats, indiscutée dans son sein et indépendante d'une série de seigneurs plus ou moins grands, à posséder enfin, comme disent les Anglais, son *self-government.*

Mais, il faut en convenir, le roi de France devait attacher tout autant d'importance à ce que la commune de
Tournai fût indépendante de tous, excepté de lui-même.
Il connaissait le dévouement séculaire des habitants de
Tournai à la couronne de France. Il n'ignorait pas qu'en
travaillant à s'agrandir et à augmenter leur puissance, ils
luttaient pour le bien du royaume comme pour le leur.
Il savait enfin qu'en fortifiant leur ville, ils allaient en
faire, non pas seulement pour eux-mêmes un solide refuge,
mais encore un point d'appui de premier ordre pour les
armées françaises, quand elles opéreraient dans le Hainaut
ou bien en Flandre. La commune de Tournai était donc
en droit de compter sur la bonne volonté du roi de France
à son égard. Sous Philippe le Bel, elle lui fit défaut moins
que sous tout autre.

La seule bienveillance royale, toutefois, si elle n'était
pas accompagnée de subsides, directs ou indirects, n'était
pas pour suffire à la commune de Tournai. Car, si riche
qu'on la suppose — et elle l'était certainement à la fin
du XIIIe siècle plus que beaucoup d'autres, — ce n'était
pas avec ses ressources ordinaires qu'elle pouvait faire
honneur aux engagements que nous l'avons vue contracter.
Pour acquérir le Bruille et les Chauxfours, pour s'assurer
les droits des Mortagne et de l'avoué de Tournai, pour
refaire ses remparts, elle n'avait pas eu à dépenser moins
de vingt millions de nos francs, peut-être, en quelques
années. Si, dans ces circonstances, le trésor royal vint
directement en aide à la commune de Tournai, nous ne
le savons pas. Mais ce que nous pouvons affirmer, c'est
que si Philippe le Bel n'a pas fait passer d'argent aux
Tournaisiens, il leur facilita du moins les moyens de s'en
procurer.

Dès 1277, le roi Philippe le Hardi les avait autorisés à s'imposer extraordinairement, pendant un laps de temps assez court, en vue de la réfection de leurs remparts. Philippe le Bel, suivant l'exemple de son père, permit aux magistrats communaux de Tournai de lever des taxes exceptionnelles dans la commune. Par trois fois, en juillet 1295, en avril 1297, en février 1307 (1), il prorogea le délai pendant lequel Philippe le Hardi avait donné licence de percevoir ces taxes. Puis il permit d'en appliquer le produit, non plus seulement aux fortifications, mais encore, comme il le dit dans sa charte du 6 juillet 1295, à d'autres nécessités : *Pro reparatione murorum, et aliis necessitatibus ipsius ville* (2).

Mais le roi avait d'autres moyens encore de venir en aide aux finances de sa bonne ville. N'exiger d'elle aucun tribut; lui concéder gratuitement des privilèges qu'il vendait fort cher à d'autres, tels étaient ces moyens.

Nous avons lieu de croire qu'ils furent employés sous Philippe le Bel; car si nous avons retrouvé la trace de sommes d'argent versées entre les mains de ce prince par la commune de Tournai, nous n'avons rencontré nulle part aucun document de nature à nous laisser supposer que cette commune ait payé au roi, soit un tribut régulier, soit une somme quelconque en compensation des nombreux privilèges qui lui furent accordés. Mais il y eut des sommes payées au roi directement, comme nous l'atteste une délibération des magistrats de Tournai en date du

---

(1) Voyez ci-après les Preuves XXXII, XLII et LXXVI.
(2) Preuve XXXII.

4 septembre 1294 (1); et il y en eut d'autres qui furent versées par la commune dans les mains du roi, bien que dues par elle à de tierces personnes. Une charte du 7 juin 1297 (2), où Jacques de Châtillon reconnaît que les Tournaisiens ont payé en son nom 2,000 livres tournois au roi de France qui les lui avait prêtées, nous fournit un curieux exemple d'une sorte de novation de ce genre.

Ainsi, malgré les immenses dépenses qu'elle avait faites, en partie pour le service du roi, la commune de Tournai, dans les dernières années du XIIIᵉ siècle, parvenait encore à lui donner des milliers de livres parisis (3). Quelques années après, si elle a déféré au mandement royal du 3 octobre 1303 (4), elle contribuait à la solde de l'armée française cantonnée dans le Tournaisis. Et dans le même temps elle trouvait le moyen encore de prêter de fortes sommes à divers seigneurs, et notamment à ceux de Mor-

---

(1) Voici le texte de cette intéressante délibération. On le trouve au fᵒ 136ᵇ, dans le Registre 39 des Archives communales de Tournai. « L'an M. CC. LXXX et quatorse, le samedi devant le Nativité Nostre-Dame, fu il assenet par tous les concitores, que les v mil lb. de parisis que cil ki ont vaillant ccc. lb. u plus presteront pour paiier au roy, leur soient rendues devens le Candeler prochaine. En tel manière que tout cil de loy, sous leur sairemens, doivent, devens le jour de le Candeler devant ditte, tant vendre de mort argent par coi li summe devantditte soit rendue si que dit est, sauf cou que ce ne puet i estre rapiclet, et c'on ne puet vendre le mort argent huers de ceste ville. »

(2) Conservée à Tournai, Archives communales, Chartrier, layette de 1297.

(3) On admet que la livre parisis, à la fin du XIIIᵉ siècle, pouvait valoir à peu près cent de nos francs.

(4) Preuve LVI.

tagne (1). Alors que tant de communes du royaume de
France étaient, comme Amiens, comme Reims, dans la
situation financière la plus pénible, comment celle de
Tournai se trouvait-elle, sous Philippe le Bel, en dépit de
ses grandes dépenses et malgré les pertes qu'elle subit
plus que toute autre pendant les guerres de Flandre, dans
une position qui lui permettait de prêter à tous? Était-elle
donc si riche? Car l'emprunt, s'il a pu parfois, comme en
septembre 1294 (2), lui procurer des ressources, n'a sans
doute pu lui fournir les millions dont elle eut besoin. Et
ce n'est pas non plus le produit des quelques confiscations
sur les Flamands, que le roi lui attribua (3), qui a pu l'aider
à remplir ses coffres.

*
* *

Il n'est pas besoin de rappeler longuement ici comment
Philippe le Bel, dans le courant de l'année 1296, en vint
à se brouiller complètement avec le comte de Flandre,
Guy de Dampierre. On connaît assez le prétexte de cette
brouille. Guy de Dampierre avait décidé le mariage d'une
de ses filles, Philippine, avec le fils aîné du roi d'Angleterre, et il n'avait pas demandé pour cela l'aveu du roi de
France, son suzerain. Philippe le Bel, ce profond poli-

---

(1) C'est ce que nous apprend un acte original conservé à Paris,
aux Archives nationales (J. 529, n° 48), par lequel les magistrats de
Tournai reconnaissent avoir été remboursés des 1000 livres tournois
que leurs prédécesseurs avaient prêtées à Jean de Brabant, seigneur
de Mortagne et de Vierzon.

(2) Cf. ci-dessus la note 1 de la page 34

(3) Preuves XLI et XLV.

tique, ce précurseur qui, dès la fin du XIIIe siècle, ne méditait rien moins que de donner au royaume de France la frontière du Rhin, Philippe le Bel que l'on vit, pendant tout le cours d'un règne de près de trente années, travailler à se rapprocher de cette frontière, Philippe le Bel devait naturellement vouloir en Flandre un comte qui lui fût absolument soumis. Or, Guy de Dampierre manifestait trop souvent, à l'égard du roi de France, des velléités d'indépendance incompatibles avec les devoirs d'un vassal. On mit donc en avant, pour le rappeler à l'obéissance, le prétexte que nous avons dit ; mais il est bien certain que si ce prétexte n'avait pas servi pour amener la grande querelle qui aboutit à la dépossession du comte Guy, on en eût trouvé un autre, à la cour de France, pour s'emparer de la Flandre.

Quoi qu'il en soit, dans les derniers mois de 1296, la brouille entre le roi de France et le comte de Flandre était complète ; la guerre entre eux était imminente, et de part et d'autre on s'y préparait. On voit dès lors Philippe le Bel entrer avec la commune de Tournai en correspondance plus active encore qu'auparavant. Le 24 janvier 1297, il lui adresse une lettre extrêmement remarquable (1), où il expose, dans les termes les plus amers, la félonie de Guy de Dampierre à son égard. Quelque temps après, le roi fait don à cette même commune de biens confisqués sur des Flamands (août 1297) (2). Puis ce sont des lettres où il promet aux Tournaisiens des faveurs de toute sorte, en son nom et en celui de ses successeurs, s'ils gardent bien leur ville, etc., etc.

(1) Preuve XXXIX.
(2) Preuve XLV.

C'est que Philippe le Bel comprenait admirablement de quelle importance il était pour le royaume de France que la ville de Tournai continuât de demeurer dans des mains sûres. Tournai est une grande ville, qui peut recevoir dans son sein et nourrir un grand nombre de gens d'armes. Tournai commande le cours de l'Escaut; toutes les routes de la contrée y aboutissent; elle n'est qu'à quelques lieues, et presque à distance égale de Courtrai, de Lille, de Douai et de Valenciennes. Tournai est une position excellente, capable de servir de refuge à une armée battue, aussi bien que d'abri sûr à une armée en formation. Sa garnison peut faire les courses les plus fructueuses dans les pays d'alentour, qui appartiennent au comte de Flandre. La possession de Tournai est donc capitale pour Philippe le Bel, et on conçoit aisément qu'il ait tant fait pour s'assurer la fidélité de ses habitants.

* **

Mais, peut-on demander, le roi de France avait-il donc besoin de supplier, en quelque sorte, les gens de Tournai de lui demeurer fidèles? Ne pouvait-il leur imposer ses volontés? N'avait-il pas dans Tournai des officiers royaux pour cela? La réponse à ces diverses questions touche aux points les plus délicats de l'histoire de Tournai au moyen âge. Encore que cette ville se soit toujours montrée, vis-à-vis des rois de France, d'une fidélité à toute épreuve, elle n'en fut pas moins, au point de vue administratif, très indépendante de ces rois. Tournai était en réalité une sorte de petite république, sous le protectorat des rois de France. Sans doute, la magistrature communale tournaisienne, bien qu'elle eût droit de justice haute et basse dans

la ville et dans sa banlieue, voyait les appels de ses jugements portés au parlement de Paris. Sans doute la commune de Tournai relevait d'un bailli royal qui, sous
Philippe le Bel, fut presque toujours le bailli de Vermandois. Sans doute, enfin, le roi bien souvent intervenait
dans les affaires intérieures de la commune de Tournai.
Mais ce n'était jamais qu'avec une prudence singulière; et
les formules impératives étaient communément bannies de
sa correspondance avec les Tournaisiens, et remplacées
par le ton de la prière. A la cour de France, on agissait
en somme avec la commune de Tournai un peu comme avec
une alliée, une alliée très intime, il est vrai, mais enfin une
alliée, et qu'il fallait ménager; car la perte de son alliance
pouvait entraîner pour la France des périls redoutables en
ouvrant la frontière du nord.

Le roi de France au moyen âge *gouvernait* donc très
peu à Tournai, et de la façon la plus douce. Ajoutons que
Philippe le Bel y gouverna le plus souvent par lui-même,
directement et sans intermédiaire. Aussi les enquêteurs
royaux qu'il y envoya en mai 1293, en mai 1297, en
avril 1304, en avril 1309 (1), etc., nous apparaissent-ils
comme des envoyés extraordinaires, bien plus que comme
les inspecteurs généraux qu'ils étaient dans les autres
régions de la France. C'est ce même caractère de mission
extraordinaire qu'il faut attribuer à celle qui fut confiée à
Aubert d'Hangest, en 1295 et 1296. Ce grand seigneur

---

(1) Voyez nos Preuves LXIII et LXXXVI, un acte du 9 mai 1293
conservé aux Archives communales de Tournai (Chartrier, layette
de 1293), et Mussely, *Inventaire des Archives de Courtrai*, t. Ier,
p. 84.

paraît avoir séjourné très longuement à Tournai à cette époque, et s'il faut en croire l'historien Cousin (1), le but principal de son séjour aurait été de surveiller les travaux de fortification de la ville. Mais le roi l'employait certainement encore à autre chose, et notamment à maintenir la concorde entre la commune de Tournai et le fameux Jacques de Châtillon-Saint-Pol, seigneur de Leuze et de Condé (2).

Tournai cependant dépendait nominalement du bailliage de Vermandois, auquel Philippe-Auguste l'avait rattachée. Mais les baillis de Vermandois, ces personnages si importants et que le roi tirait généralement de son grand conseil, ces hommes dont les pouvoirs administratif, judiciaire, financier, étaient si grands dans le reste de leur bailliage, ne nous apparaissent guère à Tournai, sous Philippe le Bel, que comme des agents de transmission d'ordres ou comme des commissaires extraordinaires. C'est ainsi qu'ils interviennent, sur l'ordre exprès du roi, pour faire exécuter des arrêts du parlement de Paris rendus en faveur des Tournaisiens, ou pour défendre énergiquement les intérêts des gens de Tournai, quand le comte de Hainaut ou un autre s'est avisé de les molester. Mais nous ne trouvons pas, dans les documents du temps de Philippe le Bel, de trace de l'intervention spontanée du bailli de Vermandois dans les affaires de la commune de Tournai, pas plus sous le rapport administratif qu'au point de vue

---

(1) *Histoire de Tournai*, livre IV, p. 91.

(2) Cf. les Preuves XXXIV et XXXVII. Dans la Preuve XXXIII, qui est du 15 octobre 1295, Aubert d'Hangest et le bailli de Vermandois sont appelés par le roi « nos genz de ces parties [de Tournésis] ».

financier. Et si une fois (1) on le voit juge dans une cause intéressant cette commune, c'est sur l'ordre formel du roi, et le fait, semble-t-il, est tout exceptionnel. A l'inverse de ce qui se passait pour les autres villes dans les bailliages, il paraît en effet établi qu'il n'y avait pour Tournai que deux degrés de juridiction : celle des magistrats communaux et celle du parlement de Paris, et que le tribunal du bailli n'existait pas pour les Tournaisiens (2).

Les baillis avaient sous leurs ordres des prévôts et des sergents royaux. Les prévôts, dont la situation rappelle par beaucoup de côtés celle des subdélégués des intendants au siècle dernier, étaient *préposés* à la direction des divisions administratives du bailliage, nous dirions aujourd'hui des arrondissements. A Tournai il n'y eut jamais de prévôt royal en résidence, et les seuls prévôts de Tournai étaient les magistrats communaux de ce nom. Mais quand le bailli de Vermandois avait à employer dans le Tournaisis le ministère d'un de ses prévôts royaux, il avait recours à celui du prévôt de Saint-Quentin et de Ribemont. Jamais toutefois ce fonctionnaire royal n'a fait acte administratif à Tournai, où on ne le vit venir, au temps de Philippe le Bel, que pour procurer l'exécution d'ordres royaux ou

----

(1) En novembre 1298. Cf. notre Preuve XLVIII.

(2) A l'appui de ce que nous venons de dire de l'exiguïté des pouvoirs du bailli de Vermandois à Tournai, on peut citer le fait suivant que rapporte le chroniqueur tournaisien Gilles Le Muisit, *loc. cit.,* p. 176 : « Anno M. CCC. X, cepit ballivus Viromandensis unum hominem bannitum de regno in justitia Tornacensi; et fuit sibi mortuus deliberatus ultra fluvium de Ries, et levavit furcas, et ibi cum suspendi fecit. Et postea restituit unum hominem vivum, et resaisivit pro villa prepositos et juratos ».

d'arrêts du parlement de Paris en faveur des Tournaisiens. Il ne serait donc pas juste de dire que Tournai dépendait de la prévôté de Saint-Quentin.

Les sergents royaux employés dans le Tournaisis sous Philippe le Bel étaient également ceux qui résidaient à Saint-Quentin. Ces agents inférieurs, sorte d'huissiers, tiraient cependant une importance assez grande du fait qu'ils parlaient au nom du roi. Nous les rencontrons en maintes circonstances à Tournai, mais simplement pour apporter des ordres; l'exercice de leur office de sergenterie dans la juridiction des magistrats communaux leur était rigoureusement interdit, comme nous l'apprend une charte royale du 28 janvier 1300 (1).

On rencontre parfois, sous Philippe le Bel, des personnages qui se qualifient de baillis de Tournaisis. Il importe de faire remarquer que ces fonctionnaires, un Sohier Le Maire, un Mahieu de Haudion, un Ryvart de Péronne, ne sont pas du tout des officiers royaux. Ce sont des baillis épiscopaux ou seigneuriaux, établis par l'évêque ou par le seigneur de Mortagne, châtelain de Tournai, pour l'administration des biens qu'ils possédaient en Tournaisis (2).

---

(1) Preuve LI.

(2) Sohier Le Maire est bailli de l'évêque de Tournai dans un acte de janvier 1289, conservé à Lille, aux Archives du Nord (B. 269). Le même semble être bailli du seigneur de Mortagne dans une charte du 24 décembre 1293, qui est à Tournai, aux Archives communales (Chartrier, layette de 1293). En novembre 1290, Mahieu de Haudion est qualifié de *bailliu de Tournésis* dans une charte conservée *ibidem* (layette de 1290). Quant à Ryvart de Péronne, il porte le même titre dans un acte qui se trouve *ibidem* (layette de 1306), et qui est daté du jeudi avant Pâques fleuries 1307.

De même, Colart Bourlivet, qualifié de bailli de Mortagne et de Tournésis en 1314 (1), bien qu'institué par le roi, n'est pas un bailli royal comme le bailli de Vermandois ; ce n'est qu'un officier subalterne, chargé de l'administration des biens acquis par le roi, en janvier 1314, du seigneur Baudouin de Mortagne, à Mortagne et dans le Tournaisis.

En 1297, les événements qui s'étaient produits en Flandre et qui avaient valu au roi la possession de la majeure partie de cette province, déterminèrent Philippe le Bel à remanier les circonscriptions administratives du nord de la France. Il établit alors un bailli royal à Lille, et il voulut rattacher Tournai au nouveau bailliage. Mais les Tournaisiens réclamèrent énergiquement contre ce changement. Il était cependant tout naturel, puisque Tournai est très voisin de Lille et se trouve, au contraire, fort distant de Saint-Quentin. Mais les gens de Tournai se souciaient moins de la logique que de leur intérêt. Ils avaient toujours relevé du bailli de Vermandois qui, très éloigné d'eux, ne leur faisait guère sentir son autorité, et ils avaient à redouter qu'un changement n'apportât quelque restriction aux libertés dont ils jouissaient. Ils protestèrent donc vivement, au nom de la tradition, contre leur réunion au bailliage de Lille, et Philippe le Bel revint sur sa décision (2).

---

(1) Dans deux chartes du 28 octobre, conservées à Paris, aux Archives nationales (J. 529, nᵒˢ 52 et 53).

(2) Cf. à ce sujet notre Preuve XLVII et une charte du 5 février 1298 conservée aux Archives communales de Tournai (Chartrier, layette de 1297).

On n'a pas jusqu'ici dressé de liste des baillis de Vermandois qui

*
* *

Si le roi Philippe le Bel n'entretint jamais à Tournai
d'officier royal permanent, il y posséda cependant très souvent un représentant. Nous avons déjà mentionné les
enquêteurs royaux, ces grands personnages, toujours au
nombre de deux, un laïque et un ecclésiastique, dont la
présence à Tournai se laisse constater plusieurs fois à la
fin du XIIIe siècle et au commencement du XIVe. Nous

---

soit complètement satisfaisante. Les documents que nous avons
recueillis nous permettent de rectifier et de compléter, pour le règne
de Philippe le Bel, les deux listes établies par Brussel (*Nouvel examen de l'usage des fiefs*, pp. 486 et 487) et par Colliette (*Mémoires
pour servir à l'histoire.. de la province de Vermandois*, t. II, p. 497).

Les lacunes, toutefois, sont encore nombreuses. Les baillis de Vermandois dont nous avons rencontré les noms, sont les suivants :

Jean de Montigny, en novembre 1288 (Charte du 9 novembre, à
Tournai, aux Archives communales, Chartrier, fayette de 1288).

Philippe de Beaumanoir, en février 1290 (Preuve XIII).

Gautier Bardin, en décembre 1291 et janvier 1292 (Preuve XIX).

Jean de Trie, en ? (Preuve LXII).

Guillaume d'Hangest, en avril 1301 (Charte du 22 janvier 1310, à
Tournai, Archives communales, Chartrier, layette de 1309).

Pierre Le Jumeau, en juillet 1307 (Charte du 5 juillet, *ibidem*,
layette de 1307).

Fremin de Coquerel, en février 1311 (Charte du 15 février, *ibidem*,
layette de 1310).

Il faut noter de plus l'existence de Gautier d'Hautrège, qualifié de
garde des baillis de Vermandois et de Lille, en février 1298, dans
une charte du 5 février transcrite dans le Registre 6 (f° 131^a) des
Archives communales de Tournai.

avons également signalé la mission confiée par le roi à
Aubert d'Hangest, en 1295 et 1296. D'autres personnages
plus considérables encore vinrent à Tournai sous le règne
de Philippe le Bel, et certainement par ses ordres. Mais il
est douteux qu'ils aient eu, comme les précédents, à
s'entremettre dans les affaires intérieures de la commune.
On trouvera, cependant, parmi les Preuves du présent
mémoire, une série de lettres du roi qui nous font voir le
maréchal Foucaud de Merle en relations avec cette commune (1). Et il est permis de supposer que les fréquents
voyages à Tournai de Charles de Valois, frère du roi, et
d'autres princes du sang royal, ont pu n'être pas sans
rapport avec le désir d'entretenir les Tournaisiens dans
leur fidélité au roi de France (2). Enfin, le long séjour que
la reine Jeanne de France fit à l'abbaye de Saint-Martin,
en septembre et octobre 1297, n'a peut-être pas été complètement étranger à ce désir, non plus que les voyages
assez fréquents que le fameux Enguerrand de Marigny fit
à Tournai, vers la fin du règne de Philippe le Bel. Mais il
est une conclusion que l'on peut tirer hardiment de tous
ces voyages princiers, rapprochés des traités qui souvent
les suivirent (3) : c'est que, sous Philippe le Bel, Tournai
fut un centre d'action, non pas seulement pour les gens de
guerre, mais aussi pour les diplomates.

---

(1) Preuves LVI et suiv.

(2) Voyez ce que dit à ce propos G. Le Muisit, *loc. cit.*, pp. 202
et 204 notamment.

(3) Il suffit de rappeler celui conclu à Tournai, en janvier 1298,
entre les rois de France et d'Angleterre, et qui est publié dans Du
Mont, *Corps diplomatique*, tome Ier, première partie, pp. 302 et suiv.

Mais ce qui dut contribuer à maintenir au cœur des Tournaisiens l'amour du roi Philippe le Bel, ce furent les fréquentes visites que ce prince rendit à leur ville. Elles se multiplièrent vers la fin de son règne. Il est vrai qu'auparavant le roi n'avait pas eu, pour venir visiter sa bonne ville, les raisons qu'il trouva en abondance quand les guerres de Flandre eurent commencé.

C'est le 9 octobre 1297 que Philippe le Bel se montra pour la première fois à Tournai. Il venait d'Ingelmunster par Courtrai, rejoindre la reine Jeanne qui l'attendait depuis plus d'un mois au milieu d'une cour extrêmement brillante. L'entrée du roi à Tournai a été racontée par Gilles Le Muisit (1). Elle ne différa guère des autres solennités de ce genre, et entraîna avec elle le cortège des grâces accordées par le roi et des cadeaux à lui offerts, que l'on retrouve uniformément dans toutes les entrées des rois dans leurs bonnes villes au moyen âge. Il y a lieu de noter pourtant les précautions que les magistrats communaux de Tournai crurent devoir prendre en 1297 pour la sûreté du monarque. A son arrivée et à son départ, des hommes armés furent en grand nombre postés sur les routes qu'il devait suivre. Ces précautions étaient pleinement justifiées par les escarmouches qui se produisaient quotidiennement alors aux environs de Tournai, entre Flamands et Français. Le séjour du roi à Tournai, en octobre 1297, fut extrêmement court. Arrivé le 9, Philippe

---

(1) *Loc. cit.*, pp. 186 et 187. M. A. de la Grange, dans ses *Entrées de souverains à Tournai*, page 16, a également publié un récit de l'entrée de Philippe le Bel à Tournai en 1297, d'après un manuscrit des Archives communales de Tournai.

le Bel partit le lendemain pour Lille, escorté jusqu'à Baisieux par les Tournaisiens en armes.

Mais il n'est pas impossible qu'il soit revenu à Tournai peu après, pour suivre les négociations qui s'y faisaient entre ses ambassadeurs et ceux du roi Edouard Ier d'Angleterre. La lettre par laquelle Philippe le Bel ratifia le traité auquel ces négociations aboutirent, est, en effet, datée de Tournai, le vendredi avant la Purification (31 janvier) 1298 (1).

Le jeudi 18 mai 1301, Philippe le Bel revint à Tournai. Il était, comme en 1297, accompagné de la reine. Mais les tablettes de cire de Jean de Saint-Just (2), qui nous font connaître ce voyage du roi à Tournai, ne nous donnent sur cet événement aucun renseignement, non plus d'ailleurs que M. A. de la Grange dans ses *Entrées de souverains à Tournai*. Gilles Le Muisit, ordinairement plus loquace, est lui-même ici très sobre de détails. Il se borne à nous dire que le roi et la reine étaient entourés d'une suite magnifique, et qu'ils partirent de Tournai pour se rendre à Courtrai, première étape de ce fameux voyage de Flandre où la reine de France fut, dit-on, si frappée du luxe des dames, et surtout de celles de Bruges.

Quand Philippe le Bel reparut à Tournai, ce n'était plus en voyage de plaisir. Il était à la tête de son armée, et poursuivait les Flamands, dont les bandes rôdaient sans cesse aux environs de Tournai, dans les pires intentions. Venant de Valenciennes, en longeant la rive droite

_____

(1) Le texte de cette lettre se trouve notamment dans Rymer, *Fœdera*, etc., (édit. de Londres), t. Ier, deuxième partie, p. 885.

(2) Publiées dans le *Recueil des historiens de France*, t. XXII, p. 503.

de l'Escaut, le roi arriva en vue de Tournai le dimanche 9 août 1304. L'armée à la tête de laquelle il se trouvait était formidable. Gilles Le Muisit nous apprend (1) que la majeure partie de cette armée passa l'Escaut sur un pont établi hors des murs de la ville, tandis que le roi pénétrait dans la Cité. Il ne fit que la traverser, et, après s'être rendu à la cathédrale pour faire ses oraisons (car Philippe le Bel, qui s'était montré si dur pour Boniface VIII, quand ce pape avait voulu intervenir dans les affaires intérieures du royaume de France, Philippe le Bel, disons-nous, était très pieux), il quitta Tournai par la porte Saint-Martin, en route pour Mons-en-Pévele.

Une dernière fois Philippe le Bel vint à Tournai. On connaît, en effet, une charte de ce prince, datée de Tournai le 15 octobre 1311 (2). Mais c'est là tout ce que l'on sait de ce dernier voyage du roi dans la ville de Clovis. Jusqu'à sa mort (novembre 1314), il n'y revint plus.

*
* *

La position de la ville de Tournai à l'extrême frontière du royaume, entre le Hainaut et la Flandre, justifiait toutes ces visites du roi et des princes. Mais cette même position coûtait cher à la ville qui, aussitôt la guerre déchaînée entre la France et la Flandre, fut en butte aux attaques des Flamands. A diverses reprises, ils ravagèrent les environs de Tournai, et tentèrent de

---

(1) *Loc. cit.*, p. 200.

(2) Cette charte est publiée parmi les *Preuves des mémoires concernant les pairs de France*, p. 191.

s'emparer de la place. Mais grâce à la solidité des remparts neufs dont la prévoyance de Philippe le Bel l'avait
poussée à s'entourer, grâce aussi à la persévérante
énergie des Tournaisiens, toutes les tentatives faites par
les ennemis du roi pour mettre la main sur Tournai
furent en pure perte.

La première de ces tentatives se produisit peu de temps
après la bataille de Courtrai. Cet événement, qui est du
11 juillet 1302, eut pour effet de refouler sous les murs
de Tournai une partie de l'armée française. Les Flamands
l'y suivirent, mais se contentèrent de ravager le pays aux
alentours de la ville. Ils allèrent jusqu'à Saint-Amand-en-
Pévele, qu'ils réduisirent en cendres ; puis, dès les premiers
jours d'octobre, s'en vinrent incendier les faubourgs de
Tournai. Satisfaits de ces exploits, ils retournèrent ensuite
vers Courtrai (1). Les *Annales Gandenses* nous donnent
l'explication de cette attitude des Flamands, qu'elles
attribuent à leur dégoût pour la guerre et à la lourdeur
des dépenses qu'elle leur imposait (2). Mais les Tournaisiens avaient reçu une lettre de Philippe le Bel, datée du
5 août 1302 (3), leur annonçant un prompt secours de sa
part ; leur idées de résistance s'en étaient trouvées encore
raffermies, et leur solide contenance ne fut sans doute pas
étrangère à la détermination des Flamands de ne pas
attaquer cette fois la place même de Tournai.

Cependant, malgré son désir, manifesté dans la lettre

---

(1) Sur tout cela, voyez G. Le Muisit, *loc. cit.*, p. 198.
(2) Cf. *Annales*, etc., dans *Corpus chronicorum Flandriæ*, t. Ier,
p. 395.
(3) Preuve LIII.

du 5 août, de venir au secours des Tournaisiens, Philippe le Bel n'en avait rien fait. Si les circonstances avaient contrarié ses projets, il n'en avait toutefois que mieux compati aux maux que les gens de Tournai avaient souf- ferts par sa faute; et le 1er décembre 1302, il leur écrivait pour les assurer qu'il saurait reconnaître leur courage et leur dévouement, et les indemniser des torts que les Fla- mands leur avaient causés (1).

Ces encouragements royaux étaient d'autant moins inu- tiles que l'armée flamande se disposait à porter aux habi- tants de Tournai de nouveaux coups, et bien plus graves que les précédents, en venant, au mois d'août 1303, mettre le siège devant Tournai. La garnison de cette ville, sous les ordres de Foucaud de Merle, maréchal de France, et de Matthieu de Ligne, maréchal de Hainaut, venait d'infli- ger aux Flamands des échecs sérieux, le 18 avril, entre Lille et Tournai, et le 4 juin, au pont du Rosne, près d'Escanaffles (2). Le premier de ces combats surtout, avait été désastreux pour les Flamands, qui y avaient perdu près de cinq cents hommes, tant tués que prisonniers, et leur avait ouvert les yeux sur la nécessité d'empêcher les sor- ties de la garnison de Tournai. Ils brûlaient donc du désir de venger leur défaite du 18 avril, et les Lillois, pour lors leurs alliés, qui en avaient été presque exclusivement les victimes, les y poussaient fortement. C'est pourquoi, au commencement d'août 1303, les Flamands vinrent assiéger

_____

(1) Preuve LIV.

(2) Voyez, sur ces faits, le continuateur de Guillaume de Nangis, dans *Rec. hist. de France*, t. XX, p. 588, et la chronique de G. Le Muisit, *loc. cit.*, p. 198.

Tournai. Nous n'entrerons pas dans les détails de ce siège qui dura plusieurs semaines, causant, à Tournai et aux environs, d'incalculables dégâts. Tous les chroniqueurs en ont parlé, notamment Gilles Le Muisit, témoin oculaire, et nous ne saurions mieux faire que de renvoyer le lecteur à sa chronique (1). Il y verra que Tournai ne fut pas prise et que le siège fut levé. C'est que le roi, se voyant dans l'impossibilité de secourir Tournai et ne voulant cependant pas perdre cette place, imagina de négocier avec les Flamands, par l'entremise du comte de Savoie, une trêve valable jusqu'aux premiers jours de mai 1304 (2).

A la fin du siège, les Tournaisiens reçurent de Philippe le Bel une lettre datée du 3 octobre 1303 (3). C'est un document qui leur fait le plus grand honneur, et qui se conserve encore aujourd'hui dans les archives communales de Tournai. Le roi y témoigne aux gens de Tournai toute sa satisfaction pour leur belle résistance, et leur promet que jamais, ni lui ni ses successeurs sur le trône de France, n'oublieront ce qui leur est dû. Dans le même temps, il confiait au maréchal Foucaud de Merle et au bailli de Vermandois le soin de faire une enquête sur les pertes subies par les Tournaisiens, promettant de les en indemniser congrûment (4). Mais il paraît que le maréchal et le bailli ne mirent pas une activité suffisante à procéder à l'enquête ordonnée par le roi, car celui-ci, dès

---

(1) *Loc. cit.*, pp. 199 et 200.

(2) Cf. *Annales Gandenses* dans *Monumenta Germaniæ historica Script.*, t. XVI, p. 578, et la chronique de *Giovanni Villani*, publ. dans *Muratori*, t. XIII, col. 411.

(3) Preuve LVI.

(4) Preuve LVII.

le 24 octobre, les invitait à se hâter (1). Et comme, en dépit de ces objurgations, l'enquête, en avril 1304, n'avait pas encore abouti, Philippe le Bel confia le soin de la terminer à deux enquêteurs royaux spécialement désignés à cet effet (2), marquant ainsi sa volonté ferme de donner aux fidèles Tournaisiens la plus légitime des satisfactions.

Ces lettres, qui honorent si haut les Tournaisiens du temps de Philippe le Bel, ne sont pas les seuls avantages qu'ils retirèrent de leur inaltérable dévouement au roi de France. Avant les événements que nous venons de rappeler, Philippe le Bel leur avait maintes fois manifesté sa bienveillance en leur concédant des privilèges, ou en les défendant contre tous ceux qui leur causaient du tort. Quand ils eurent, en août et septembre 1303 surtout, supporté tant de misères pour conserver leur ville au royaume, il semble que les marques de l'amitié de Philippe le Bel à leur égard se soient multipliées. On le vit alors prendre des mesures de plus en plus énergiques pour obliger le comte de Hainaut à respecter les droits, les privilèges, la juridiction des Tournaisiens. Ce comte était devenu l'allié fidèle du roi de France; mais il n'oubliait pas les griefs qu'il nourrissait contre les Tournaisiens qui, en 1289, avaient arrondi leur ville et constitué leur banlieue de la rive droite de l'Escaut au détriment du comté de Hainaut. Il fallut donc les invitations les plus pressantes, voire même les menaces, pour décider le comte de Hainaut à laisser les Tournaisiens jouir en paix de leurs acquisitions. Le roi Philippe le Bel ne ménagea pas

---

(1) Preuve LVIII.
(2) Preuve LXIII.

plus les menaces que les prières (1). Il en agit de même à l'égard du seigneur d'Antoing (2) et de la dame de Leuze, la veuve de Jacques de Châtillon Saint-Pol (3), qui n'avaient pas craint d'entraver la navigation des Tournaisiens sur l'Escaut. Et quand, un jour, le comte de Flandre, par une prétention vraiment singulière, voulut astreindre les gens de Tournai à contribuer, pour leurs biens sis en Flandre, au payement de l'indemnité de guerre consentie par les Flamands au roi de France, celui-ci ne se fit pas faute de rappeler le comte à des idées moins étranges (4).

* *
* *

Tous ces actes royaux, et les autres que l'on va trouver ci-après parmi les preuves de ce mémoire, montrent l'accord intime qui n'a cessé d'exister, pendant tout le règne de Philippe le Bel, entre ce prince et les Tournaisiens. En ce temps-là, la ville, comme le roi, n'eurent jamais qu'à se louer l'un de l'autre, et la bonne entente, en somme, fut également profitable à tous deux. Si le roi, en effet, a trouvé dans le zèle des Tournaisiens les moyens d'agrandir son pouvoir dans le Tournaisis, en diminuant d'autant celui du comte de Flandre, de l'évêque et du

---

(1) Cf. les Preuves LX, LXIX, LXX, LXXVIII, LXXXI, LXXXIV, LXXXVII, LXXXVIII. LXXXIX, XCI, etc., ci-après.

(2) Preuves LXXXIII et XCVIII.

(3) Preuves LXXIV et XCII.

(4) Par une lettre curieuse du 15 octobre 1308, publiée ci-après, Preuve LXXXII.

châtelain de Tournai; s'il a vu la commune de Tournai
fortifier ses remparts, arrondir son territoire et reculer en
même temps les limites du royaume de France, aux dépens
du comté de Hainaut et de l'Empire, il n'en reste pas moins
vrai que l'importance de cette commune, assez mince au
début du règne de Philippe le Bel, était tout autre au jour
de la mort de ce grand prince. La Cité et le Bourg de Saint-
Brice agrandis de toute l'étendue des quartiers des Chauxfours et du Bruille; les remparts refaits à neuf; la juridiction communale fortifiée, celle de l'évêque, du chapitre,
de l'abbé de Saint-Martin réduite dans de justes limites;
le pouvoir de l'avoué, celui du châtelain anéantis; une
banlieue importante constituée sur la rive droite de
l'Escaut; et malgré les sommes immenses dépensées pour
obtenir ces résultats, malgré les pertes de tout genre
résultant des guerres de Flandre, des finances pourtant
prospères; voilà ce que la commune de Tournai présentait
aux regards au commencement de l'an 1314.

Alors le roi de France et la commune de Tournai appa-
raissaient comme émergeant des ruines de la féodalité. La
royauté et le peuple, par leur accord, avaient dominé à
Tournai l'aristocratie, laïque ou ecclésiastique. Pour con-
sommer sa perte, pour achever la destruction des pouvoirs
féodaux dans le Tournaisis, il ne restait au roi qu'à sup-
primer à son profit les titres, honorifiques maintenant,
de châtelain et d'avoué de Tournai, et à s'assurer les droits
régaliens que l'évêque possédait encore dans la province.

La mort surprit Philippe le Bel avant qu'il ait pu réa-
liser en entier ce programme, qui ne fut rempli que sous
Philippe le Long et Charles le Bel, ses fils. Mais avant de
disparaître de la scène du monde, Philippe le Bel parvint
à acquérir le peu qui restait de l'ancienne et puissante

châtellenie de Tournai. Ce fut son dernier acte dans le Tournaisis. Servi par les circonstances et très habilement secondé par son maître des arbalétriers, Pierre de Galard, le roi sut mettre à profit la mort de la châtelaine Marie pour s'assurer par échange la châtellenie de Tournai, en même temps que la seigneurie de Mortagne. L'héritier de Marie, Bauduin de Mortagne-Landas, son oncle, ne consentit peut-être pas de très bonne grâce à cet échange, nous allions dire à cette expropriation. Le résultat poursuivi par le roi n'en fut pas moins obtenu ; et le 22 mars 1314, Pierre de Galard faisait à Tournai son entrée, au nom du roi de France, comme châtelain de Tournai (1).

* * *

Les considérations que nous venons de présenter, aussi succinctement que possible, étaient le préambule nécessaire de la longue série de documents qui sont groupés ci-après. Tous ces documents émanent du roi Philippe le Bel. Ils sont au nombre de cent deux. La plupart étaient complètements inconnus et inédits.

Cette longue suite de lettres et de mandements est précieuse pour bien des motifs. Elle n'intéresse pas seulement l'histoire locale. L'histoire générale du règne de Philippe le Bel y trouve aussi son compte, et y apparaît parfois sous un jour nouveau. Plusieurs de nos actes royaux permettent en outre de rectifier quelquefois, et souvent de compléter, les itinéraires du roi Philippe le Bel, qui ont

---

(1) Tous les détails de cette affaire sont exposés dans notre article : *L'annexion de Mortagne à la France en 1314*, paru dans la livraison de janvier 1893 de la *Revue des questions historiques*.

été dressés jusqu'ici (1). Et il en est enfin qui, en nous faisant connaître des arrêts du parlement de Paris, viennent combler les lacunes qui existent encore dans le fameux *Liber inquestarum* de Nicolas de Chartres (2).

Il est tout naturel qu'un recueil de documents concernant une ville soit tiré surtout des archives de cette ville. La plupart de nos pièces viennent donc des Archives communales de Tournai. Mais les Archives générales du royaume, à Bruxelles, où sont conservées les archives anciennes de l'évêché de Tournai, les Archives de l'État à Mons, les Archives du département du Nord à Lille, ont contribué à grossir notre recueil; comme aussi les Archives nationales à Paris, où les registres du Trésor des chartes nous ont fourni le contingent que les registres d'une chancellerie royale ne manquent jamais d'apporter à ceux qui les interrogent.

Mais encore que nos recherches aient été poussées aussi loin que possible, nous n'osons nous flatter d'avoir réuni tous les actes de Philippe le Bel pour la ville de Tournai. La raison en est surtout qu'il reste, dans les Archives communales de Tournai, un très grand nombre de documents à trier. Il y a quelque cent cinquante ans, quand le conseiller Courchetel d'Esnans se rendit à Tournai, chargé

---

(1) On les trouve dans les tomes XXI et XXII du *Recueil des historiens de France*.

(2) Voyez à ce sujet les remarquables travaux de M. Léopold Delisle, insérés dans les *Actes du Parlement de Paris* de Boutaric, t. Ier, et dans les *Notices et extraits des manuscrits*, t. XXIII, deuxième partie. Cf. aussi l'article de M. Ch.-V. Langlois, *Nouveaux fragments du Liber inquestarum*, etc., dans la *Bibliothèque de l'École des chartes*, t. XLVI, pp. 440 et suiv.

par le gouvernement français de recueillir dans les Archives
de cette ville tous les documents capables d'intéresser la
France, il fit prendre la copie d'un certain nombre d'actes
tirés, disent les copies d'Esnans, des *sacs du grenier* (1).
Aujourd'hui le grenier n'est plus le même, mais il y a
toujours à Tournai, aux Archives communales, des *sacs du
grenier*. Qu'est-ce qu'ils contiennent? Jusqu'ici M. Maquest,
le conservateur des archives de Tournai, n'a pas eu le
loisir d'y regarder, et n'a pu nous donner aucun renseignement à leur sujet. Il nous a offert très aimablement, à la
vérité, de dépouiller nous-même les quelque cent sacs
mystérieux qui gisent dans le grenier des Archives confiées
à sa garde. Mais le temps dont nous disposions ne nous a
pas permis de nous substituer à M. Maquest pour faire un
travail de ce genre, besogne première du reste d'un archiviste. Il est donc possible qu'un jour ou l'autre on retrouve
dans le grenier des Archives de Tournai un certain nombre
d'actes du roi Philippe le Bel; et la chose est même probable, si l'on songe que plusieurs des pièces copiées par
d'Esnans au siècle dernier ne se rencontrent plus aujour-
d'hui dans la portion des Archives communales de Tournai
qui se trouve à peu près en ordre. Ce jour-là, si notre
hypothèse se réalise, il y aura à ajouter un supplément au
recueil qu'il nous est donné de mettre au jour en ce
moment.

Nous avons tenu à né publier que des documents inédits, et nous nous sommes borné à l'analyse des pièces déjà

---

(1) On sait que les copies faites sous la direction du conseiller
d'Esnans sont aujourd'hui à Paris, à la Bibliothèque nationale, dans
la collection Moreau.

éditées ailleurs. Mais nous avons cru devoir faire figurer
cette analyse dans notre recueil, afin de présenter ici un
tableau aussi complet que possible des rapports de Philippe le Bel avec sa bonne ville de Tournai. Toutes les
fois que nous avons pu voir l'original d'un acte, nous en
avons naturellement imprimé le texte d'après cet original.
Dans le cas où un document n'a pu être donné que d'après
une copie, nous avons pris soin d'indiquer la date approximative et la valeur de cette copie. Enfin, le lieu de gisement des pièces, leur état matériel et les indications que
beaucoup d'entre elles portent, sur le repli ou au bas du
parchemin, ont été soigneusement relevées.

Quant à la façon dont nos chartes sont éditées, elle est
très simple, et s'inspire du principe que les documents
qu'un éditeur met au jour doivent être rendus aussi com-
préhensibles que possible au lecteur. C'est pourquoi nous
avons fait précéder chacun de nos documents d'une courte
analyse en français; c'est pourquoi nous avons multiplié les
alinéas, ce signe de ponctuation si utile et d'un usage
pourtant si restreint; c'est pourquoi enfin nous avons
annoté copieusement toutes nos chartes. Cependant, dans
cette annotation, nous nous sommes le plus souvent borné
à les références et à l'identification des noms de personne
et de lieu, et n'avons pas en général cherché à expliquer
les mots. La raison en est que les lecteurs auxquels
s'adressent les documents inédits du moyen âge ont tous
accoutumés de se servir du *Glossaire* de Du Cange, et qu'il
nous a paru inutile de grossir notre recueil en résumant
parfois les précieuses dissertations qui sont à la portée de
tous dans ce glossaire.

PREUVES.

I.

Paris, décembre 1285.

Philippe le Bel vidime et approuve l'accord intervenu, au mois d'octobre 1285, entre la commune et l'abbaye de Saint-Martin de Tournai, pour fixer les limites de l'enceinte de l'abbaye, et déterminer les droits de juridiction de l'abbé dans cette enceinte.

Philippus, Dei gratia Francorum rex.

Notum facimus universis, tam presentibus quam futuris, quod nos litteras abbatis et conventus Sancti-Martini Tornacensis, prepositorum et juratorum, scabinorum et communitatis civitatis Tornacensis, Galteri (1), elemosinarii, Açonis (2), monachi Sancti-Martini Tornacensis, et Guillermi Castaigne, Henrici Pourret, et Johannis Sartiel, civium Tornacensium, vidimus in hec verba :

« El non le Père, et le Fil, et le Saint-Espir. Nous Jehans, etc. »

(Suit le texte d'une transaction passée « ou parevis Saint-Martin de Tournay, le juesdi apriès le fieste saint Denis,... l'an de l'incarnation Jhesu-Crist mil deus cens quatre vins et chuinc, ou mois d'octembre », entre l'abbaye de Saint-Martin et la commune de Tournai, qui étaient en procès pardevant le par-

---

(1) Il est appelé *Gautier de Condet* dans une charte française d'octobre 1285, conservée aux Archives communales de Tournai (Chartrier, layette de 1285).

(2) La charte française mentionnée dans la note précédente l'appelle *Asses.* Son nom latin, écrit *Aconis* dans le vidimus original conservé à Tournai, que nous signalons ci-dessous (note 2 de la page suivante), est *Assonis* dans le Cartulaire 123 des Archives du royaume.

lement de Paris, au sujet de l'étendue de l'enceinte de l'abbaye et de sa juridiction dans cette enceinte) (1).

Nos vero, ad petitionem dictarum partium, dictam pacem sen compositionem, et omnia premissa et singula, prout superius continentur, quantum in nobis est, volumus, concedimus et approbamus, ac eadem auctoritate regia confirmamus, salvo jure nostro in aliis, et jure quolibet alieno.

Que ut perpetue stabilitatis robur obtineant, presentes litteras sigilli nostre impressione fecimus communiri.

Actum Parisius, anno Domini millesimo ducentesimo octogesimo quinto, mensi decembri.

Bruxelles, Archives générales du royaume; Cartulaire 123, pp. 56-62. — Copie du XIVe siècle (2).

II.

Paris, mai 1286.

Philippe le Bel vidime et approuve l'accord intervenu, le 15 mai 1286, entre la commune et le chapitre de Tournai, pour régler leurs différends relatifs à la juridiction sur les maisons du chapitre, sur les sergents et les serviteurs de l'église de Tournai, et sur le poids de cette ville.

Philippus, Dei gratia Francorum rex.

Notum facimus universis, tam presentibus quam futuris, quod nos litteras Gerardi de Grimberges, decani, magistrorum

---

(1) Cette curieuse transaction est encore inédite.

(2) Un exemplaire original sur parchemin de ces lettres royales, scellé sur lacs de soie verte et rouge du grand sceau royal en cire verte, se trouve à Tournai, aux Archives communales (Chartrier, layette de 1285). Nous avons collationné sur cet original la copie que nous avons tirée, à Bruxelles, du Cartulaire 123, qui provient de l'abbaye de Saint Martin de Tournai.

Henrici de Gandavo, archidiaconi, et Johannis de Sancto-Amando, canonici Tornacensium, et Henrici Pourres, prepositi, Guillelmi Castaigne, jurati, et Johannis Sartiaus, submajoris majorum Tornacensium, sigillis eorum, una cum sigillis ecclesie et communie Tornacensis, sigillatas, vidimus in hec verba :

« El non le Père, le Fil et le Saint-Espir, Amen, Nous Gerars etc. »

(Suit le texte d'un accord conclu « à Tornai et publiet ou parevis Saint-Martin, l'an de l'incarnation Jhesu-Crist mil deus cens quatre vins et sis, au quinsime jour de mai... », entre le chapitre et la commune de Tournai, pour régler les différends qu'ils avaient « des justices des maisons de l'église, et des siergans et des mesnies de l'église, et des sergans et des mesnies des persones bénéficiés en ledite église, et dou pois en Tournai » (1).

Nos vero predictam pacem sive compositionem, et omnia premissa et singula, prout superius continentur, quantum in nobis est, volumus, concedimus, et etiam approbamus, salvo jure nostro in omnibus et jure quolibet alieno.

Que ut perpetue stabilitatis robus obtineant, presentes litteras sigillo nostro fecimus sigillari.

Actum Parisius, anno Domini M° CC° octogesimo sexto, mense maio.

Tournai, *Archives communales;* Chartrier, layette de 1286. — Original sur parchemin, scellé sur lacs de soie verte et rouge du grand sceau royal en cire verte.

---

(1) Cet accord est inédit. Il faut rapprocher de ce document l'arrêt du parlement de Paris signalé par M. Léopold Delisle dans sa *Restitution d'un volume des Olim* (BOUTARIC, *Actes du Parlement de Paris,* tome I, p. 402), et portant que « l'évesque de Tournay a la justice en sa maison dudict Tournay ».

III.

Paris, août 1286.

Philippe le Bel vidime et approuve l'accord fait, en juillet 1286, entre l'évêque et la commune de Tournai, relativement aux conditions sous lesquelles l'évêque pouvait battre monnaie dans la ville, mais sous le contrôle des magistrats communaux.

Philippus, Dei gratia Francorum rex.

Notum facimus universis, tam presentibus quam futuris. quod nos litteras, sigillis episcopi, decani et capituli ecclesie Tornacensis, sigillatas, vidimus in hec verba :

« Michius, par la grâce de Dieu évesques de Tornai, à touz cheaus, » etc.

(Suit le texte d'un acte émané de Michel de Warenghien, évêque de Tournai, daté de Tournai « en l'an de l'incarnation Nostre Seigneur mil deus cens et quatre vins et sis ou mois de juilet, l'endemain des octaves saint Jehan-Baptiste », qui relate l'accord conclu entre ledit évêque et la commune de Tournai au sujet des conditions sous lesquelles l'évêque pouvait battre monnaie dans la ville) (1).

Nos vero predictam pacem seu compositionem, et omnia premissa et singula, prout superius continentur, quantum in nobis est, volumus, concedimus et approbamus, salvo jure nostro in omnibus et etiam alieno.

---

(1) Cet acte est publié dans Miræus, *Opera diplomatica* (édition Foppens), tome III, p. 421. Sa contre-partie, c'est-à-dire l'acte émané des magistrats communaux de Tournai, se trouve tout au long dans la *Revue de la numismatique belge,* 1re série, tome II, page 520, où il est édité, croyons-nous, d'après une copie du XIVe siècle inscrite dans le Cartulaire 51 (fo 57) des Archives générales du royaume, à Bruxelles.

Que ut perpetue stabilitatis robur obtineant, presentibus litteris nostrum fecimus apponi sigillum.

Actum Parisius, anno Domini millesimo ducentesimo octogesimo sexto, mense augusto.

Tournai, *Archives communales;* Chartrier, layette de 1286. — Original sur parchemin, scellé sur lacs de soie rouge et verte du grand sceau royal en cire verte.

IV.

Paris, mercredi 4 juin 1287.

Philippe le Bel mande à ses baillis, prévôts et autres justiciers, d'interdire à tous, clercs ou laïques, d'appeler les Tournaisiens en cause devant les juges ecclésiastiques, à l'occasion de leurs biens temporels (1).

Philippus, Dei gracia Francorum rex, omnibus ballivis, prepositis, et aliis justiciariis suis, ad quos presentes littere, pervenerint, salutem.

Mandamus vobis, quatinus non permittatis quod aliqui, clerici vel laici, sub vestris districtibus commorantes, prepositos, juratos et cives ville nostre Tornacensis, aut quemlibet eorum, occasione bonorum suorum temporalium, de quibus tamen ad nos, seu forum seculare, spectat cognitio aut spectare debeat, vexent, molestent, aut trahant in causam coram aliquibus judicibus ecclesiasticis. Et si de hiis vobis constiterit evidenter, molestatores et inquietatores hujusmodi, ut a predictis vexationibus et in jus vocationibus desistant, per captionem et detentionem bonorum suorum temporalium, justicia mediante, compellatis aut compelli faciatis.

Actum Parisius, die mercurii post octabas Penthecostes, anno Domini M° CC° octogesimo septimo.

Tournai, *Archives communales;* Registre 6, f° 14ª. — Copie du XIVe siècle.

---

(1) On rapprochera utilement cette charte de celle du 22 novembre 1294, publiée ci-après, sous le n° **XXX**.

V.

Paris, jeudi 12 juin 1287.

Philippe le Bel accorde sauf-conduit à tous les marchands qui se rendront à la foire de Tournai, pour eux et pour leurs marchandises. Ce sauf-conduit est valable pour la durée de la foire, et pour un laps de temps de huit jours avant le commencement, et de quinze jours après la clôture de ladite foire.

Philippus, Dei gratia Francorum rex, universis presentes litteras inspecturis, salutem.

Cum carissimus dominus et genitor noster, preposilis, juratis et civibus suis Tornacensibus, in villa Tornacensi, nundinas concesserit (1), nos omnibus mercatoribus ad dictas nundinas venientibus, et suas mercaturas adduci facientibus, per octo dies ante inceptionem dictarum nundinarum, ac ipsis nundinis durantibus, et postquam finite fuerint usque ad quindenam, pro suis pagamentis faciendis et recipiendis, ac pro suis mercaturis reducendis, salvum et securum conductum concedimus; ita quod, per dicta tempora, persone eorum sive averia non possint pro debitis arrestari, quamdin nostre placuerit voluntati.

Actum Parisius, die jovis post festum beati Barnabe apostoli, anno Domini M. CC. octogesimo septimo.

Tournai, *Archives communales;* Chartrier, layette de 1287. — En vidimus original sur parchemin, scellé sur double queue, en cire verte, délivré par le prévôt de Paris Jehan Ploiebauch, et daté du « lundi devant la feste saint Père en février » 1311 (n. st.).

Phelippes, par le grasse de Dieu rois de Franche, à tous cheaus ki ces présentes lettres veront, salut.

Comme nostres très chiers sires et pères ait otroiiet feste anuel (1) as prévos, as jurés, et à tous ses citoyens de Tournay, en le vile de Tournay, nous, à tous marchéans à ledilte feste venans et fasans amener leur marchandises, par viij jours devant le coumencement de ledilte fieste, et ledilte fieste durant, et puis k'ille sera finée juskes à quinsaine por leur paiemens faire et rechevoir, et por leur marchandises remener, sauf et seur conduit otrions; en telle manière que, par lesdis tans, leur personnes u leur avoir ne puissent estre arriestet pour dettes, si longhement k'il plaira à no volenté.

Ce fu fait à Paris, le joesdi apriès le feste saint Barnaban apostle, l'an M. CC. iiij^xx et vij.

Tournai, *Archives communales;* Registre 39^b, f°s 65^b et 66^a. — Copie du XIVe siècle.

---

(1) Il faut remarquer la traduction de *Nundinas* par *Feste anuel.* L'institution de la foire de Tournai par Philippe le Hardi, père de Philippe le Bel, est du mois d'août 1284. La charte de cette institution est publiée dans les *Ordonnances des rois de France*, tome XI, p. 558.

VI.

Paris, 29 juin 1287.

Philippe le Bel fait connaître à tous que le comte de Flandre a reconnu, en présence du roi et de son conseil, avoir reçu induement l'hommage du seigneur de Mortagne, pour les alleux du Tournaisis et leur justice.

Actum Parisius,... anno Domini M° CC° octogesimo septimo,.... in festo beatorum apostolorum Petri et Pauli ».

Paris, *Bibliothèque nationale;* Chartes de Colbert, n° 25. — Original scellé (1).

VII.

Paris, juillet 1288.

Philippe le Bel publie un arrêt du parlement de Paris qui reconnaît aux Tournaisiens le droit de vendre partout, sauf à Saint-Quentin, les denrées qu'ils ont en dépôt dans cette ville, et spécialement la guède, sans payer aucune redevance aux bourgeois de Saint-Quentin.

Philippus, Dei gratia Francorum rex, universis presentes litteras inspecturis, salutem.

Notum facimus quod cum in nostra Curia mota esset discordia inter prepositum et juratos civitatis Tornacensis, ex una parte, et majorem et juratos communie Sancti-Quintini, ex altera, super eo quod predicti prepositus et jurati Tornacenses dicebant se esse in saisina vendendi apud Tornacum, et in aliis villis extra villam Sancti-Quintini, omnes nummatas et

---

(1) Cette charte a été publiée par M. Léopold Delisle dans sa *Restitution d'un volume des Olim* (BOUTARIC, *Actes du Parlement de Paris,* tome I, p. 407).

averia, et precipue guesdam (1), jacentia in villa Sancti-Quintini, libere, et sine tallia solvenda burgensibus Sancti-Quintini; propter quod predicti prepositus et jurati Tornacenses
petebant fidejussores liberari quos prestiterat Rogerus Waleran, burgensis Tornacensis, pro recredentia sue guesde jacentis
apud Sanctum-Quintinum, arrestate ibidem per majorem et
juratos Sancti-Quintini pro tallia, quam vendiderat apud Tornacum cuidam burgensi de Tornaco, dictis majore et juratis
Sancti-Quintini in contrarium asserentibus et dicentibus se esse
in saisina habendi talliam de omnibus nummatis jacentibus apud
Sanctum-Quintinum, ubicunque contingeret illas vendi, sive in
villa Sancti-Quintini sive extra. Tandem, visa inquesta super
hoc facta, et inspectis cartis ex parte burgensium Sancti-
Quintini exhibitis, quia inventum fuit dictos prepositum et
juratos Tornacenses intentionem suam sufficienter probavisse,
pronunciatum fuit, per Curie nostre judicium, ipsos prepositum
et juratos Tornacenses in saisina sua predicta remanere debere,
et fidejussores quos prestiterat dictus Rogerus, civis Tornacensis, pro recredentia sue guesde apud Sanctum-Quintinum
pro tallia arrestate, debere liberari.

In cujus rei testimonium, presentibus litteris nostrum fecimus apponi sigillum.

Actum Parisius, anno Domini M° CC° octogesimo octavo,
mense julio.

Tournai, *Archives communales;* Registre 6, f⁰ˢ Xl^b
et 132ᵃ. — Copies du XIVᵉ siècle (2).

---

(1) La guède ou pastel (*isatis tinctoria*) est une plante dont les
feuilles étaient utilisées pour teindre en bleu foncé.

(2) Au sujet de cette charte, cf. la *Restitution d'un volume des
Olim,* par M. Léopold Delisle, dans BOUTARIC, *Actes du Parlement
de Paris,* tome I, p. 411, et l'acte du 21 juin 1312, publié ci-dessous, n° XCVII.

VIII.

Vendredi 18 février 1289 (n. st.).

*Philippe le Bel demande au bailli de Vermandois de s'op-
poser aux entreprises des prélats et des juges ecclésiastiques
qui, au mépris de la bulle de Nicolas IV, du 27 septembre 1288, s'efforcent de soustraire les croisés à la
juridiction laïque* (1).

Philippus, Dei gratia Francorum rex, baillivo Viromandensi (2), ac omnibus aliis justiciariis suis ad quos presentes
littere pervenerint, salutem.

Noveritis nos litteras sanctissimi patris domini Nicholai, Dei
gratia sacrosancte romane ecclesie summi pontificis, vidisse in
hec verba :

« Nicholaus, episcopus servorum Dei », etc.

(Suit le texte de la bulle *Ad audientiam nostri* adressée
par le pape Nicolas IV aux archevêques et évêques de France,
sous la date « Datum (sic) Reato (sic) quinto kalendas octobris,
pontificatus nostri anno primo », pour leur déclarer que les
privilèges accordés par le pape aux croisés ne doivent prendre
de valeur qu'au moment du passage outre mer) (3).

---

(1) Bien qu'il ne soit pas fait mention spéciale des magistrats de
Tournai dans ce mandement royal, nous avons cru devoir le publier
ici, parce qu'il est évident que la présence aux Archives communales
de Tournai d'un exemplaire original de ce mandement implique
l'intention de le rendre applicable à la magistrature tournaisienne.

(2) Jean de Montigny.

(3) Cette bulle est publiée *in extenso* dans les *Registres de Nicolas IV*, de M. E. Langlois (Bibliothèque des Écoles françaises
d'Athènes et de Rome, série in-4°), p. 69, n° 380, d'après le registre 44,
f° 53ᵃ, c. 231 des Archives du Vatican.

Verum, quia nonnulli ecclesiarum prelati ac ecclesiastici judices, crucesignatos ipsos, contra hujusmodi declarationis et prohibitionis tenorem, indebite confoventes, eosdem crucesignatos deffendere et tueri quominus nostris et hominum nostrorum justiciis secularibus, in hiis que ad forum seculare pertinent, tanquam meri laici non pareant, conantur, nostram hominumque nostrorum jurisditionem temporalem perturbando.

Mandamus vobis omnibus et singulis, quatinus ipsos ecclesiarum prelatos, ac judices ecclesiasticos qui nostram, hominumque nostrorum jurisditionem in premissis, exnunc, quoquomodo presumpserint, perturbare, per suorum bonorum temporalium, crucesignatos etiam qui quo ad hec exemptos existere se contendent, per proprii corporis et bonorum captionem, ut ab impedimento et perturbatione desistant, compellatis.

Datum die veneris ante festum cathedre sancti Petri, anno Domini millesimo ducentesimo octogesimo octavo.

> Tournai, *Archives communales*; Chartrier, layette de 1288 (1). — Original sur parchemin, jadis scellé sur .....?

---

(1) Il faut avertir qu'actuellement cette indication n'est pas exacte. Plus tard, quand M. P. Maquest, conservateur des Archives de Tournai, aura pu inventorier cette pièce, elle prendra place dans la layette de 1288 du Chartrier. Mais aujourd'hui elle se trouve dans une boîte sans cote, avec un certain nombre d'autres chartes, relatives pour la plupart au règne de Philippe le Bel, que nous avons découvertes dans les cartons de *Pièces à classer*. Plusieurs de ces chartes sont publiées ci-après (sous les nos XXX, XXXIX, XLVII, LIX, LX, LXXI, LXXXI, LXXXIV, LXXXVI, LXXXVIII et XCIV). L'observation que nous venons de présenter à propos de l'acte royal du 18 février 1289, s'applique exactement à ces diverses chartes; ce n'est que *plus tard* qu'elles entreront dans les layettes où M. le conservateur des Archives de Tournai nous a demandé de les faire figurer dès maintenant.

IX.

Beauvais, mercredi 30 mars 1289 (n. st.).

Philippe le Bel ratifie la vente du Château du Bruille à
Tournai, faite à la commune de Tournai par les tuteurs et
au nom de la châtelaine, la demoiselle Marie de Mor-
tagne.

Actum apud Belvacum, die mercurii ante Ramos palmarum,
anno Domini millesimo ducentesimo octogesimo octavo, mense
martio.

Tournai, *Archives communales;* Chartrier, layette
de 1288. — Original scellé (1).

X.

Saint-Germain-en-Laye, mercredi 27 avril 1289.

Philippe le Bel mande au bailli de Vermandois d'empêcher
l'évêque de Tournai de fortifier son palais épiscopal et d'y
élever un gibet, tant que le procès relatif à la juridiction
dans ce palais n'aura pas été jugé par le roi.

Philippus, Dei gratia Francorum rex, ballivo Viromandensi (2), salutem.

Si episcopus Tornacensis, in domo sua sita in civitate Tornacensi, juxta majorem ecclesiam, statuerit de novo compedem,
furcas de novo in ipsa domo erexerit, et turim aut munitiones
in eadem domo de novo construxerit, mandamus tibi quatinus
has novitates predictas amoveas indilate; et eidem episcopo

---

(1) Cette charte a été publiée par nous dans le Mémoire intitulé
Comment le quartier du château fut réuni à la cité de Tournai en 1289,
p. 38. (Extrait du tome XXIV des *Bulletins de la Société historique*
et littéraire de Tournai.)

(2) Jean de Montigny.

prohibeas ne quicquam in domo sua predicta innovet vel inmuttet quod sit in prejudicium civium Tornacensium, presentim, quousque processus super saisina justicie domus sue predicte habitus, per nos examinatus fuerit; cujus processus questionem penes nos duximus reservandam (1).

Datum apud Sanctum-Germanum-in-Laya, die mercurii post festum beati Marchi evagheliste.

Tournai, *Archives ommunales;* Chartrier, layette de 1289. — En vidimus dans une lettre du sergent de Saint-Quentin Oudart Bouviau, datée du 3 mai 1289, et présentant le procès-verbal de l'exécution du présent mandement.

XI.

Paris, mercredi 17 août 1289.

Philippe le Bel suspend, en faveur des gens du Hainaut qui se rendront à la foire de Tournai, les ordres généraux qu'il a donnés pour la saisie des biens des Hennuyers.

Phelippes, par la grâce de Dieu rois de France, au ballif de Vermendois (2), ou à son lieutenant, salus.

Comme nous aions comandé à prendre de cheus de la conté

---

(1) On rapprochera utilement ce mandement de celui qui est publié ci-après, sous le n° XIII.

(2) D'après COLLIETTE, *Mémoires pour servir à l'histoire... de la province de Vermandois,* tome II, p. 497, ce bailli se serait appelé Pierre de Fontaine. Mais nous avons vu que Jean de Montigny était encore bailli de Vermandois en mai 1289, et nous verrons que Philippe de Beaumanoir occupait déjà cette charge en février 1290. L'existence d'un Pierre de Fontaine, bailli de Vermandois en 1289, nous paraît donc très contestable.

de Haynaut et de lor biens, nous te faisons savoir que nous volons que de cheus de Haynaut que vendront as foires de nostre ville de Tournai, tu ne prengnes, ne arrestes, ne faces penrre ne arrester, ne lor personnes ne lors avoirs, durant le tierme du conduit de ladite foire que nous lor auvons (sic) en autre cas otroiet par nos lettres (1).

Donné à Paris, le mierkedi emprès la mi-aoust, l'an mil CC. quatre-vins et nuef.

Tournai, *Archives communales;* Chartrier, layette de 1289. — Original sur parchemin, scellé sur simple queue, en cire blanche.

XII.

Septembre 1289.

Philippe le Bel approuve, en le vidimant, l'acte du mois d'août 1289 par lequel Hugues de Châtillon, comte de Saint-Pol et seigneur d'Avesnes, d'accord avec sa femme Béatrice et ses frères, Guy et Jacques de Châtillon, à vendu le quartier des Chauxfours à Tournai, Alain, Warchin et le bois de Breuze, à la commune de Tournai.

Datum anno Domini millesimo ducentesimo octogesino nono, mense septembri.

Tournai, *Archives communales;* Chartrier, layette de 1289. — Original scellé (2).

---

(1) Allusion aux lettres du 12 juin 1287, publiées ci-dessus, n° V.

(2) Cette charte a été publiée par nous, dans le Mémoire intitulé: *Comment la commune de Tournai s'agrandit aux dépens du comté de Hainaut, à la fin du XIIIe siècle*, p. 55. (Extrait du tome XXIII des *Annales du Cercle archéologique de Mons.)*

XIII.

Paris, lundi 6 février 1290 (n. st.).

Philippe le Bel prescrit à son bailli de Vermandois et à ses autres officiers du bailliage de Vermandois, de faire exécuter l'arrêt du parlement de Paris qui a permis à l'évêque de Tournai de faire traverser à ses prisonniers les rues de Tournai, en attendant le rétablissement du gibet dans le palais épiscopal.

Philippus, Dei gratia Francorum rex, ballivio Viromandensi (1), et aliis justiciariis nostris dicte ballivie, salutem.

Cum per arrestum Curie nostre pronunciatum fuerit episcopum Tornacensem, vel ejus gentes, posse facere duci et reduci suos prisionarios per vias et cheminos communie ville predicte, pro sua justicia exequenda, saltem quamdiu furce, quas idem epicopus infra sue domus ambitum erigi fecerat, dirute remanebunt (2), quodque prepositus et communia dicte ville nullum sibi super hoc impedimentum apponant;

Mandamus vobis quatinus arrestum faciatis observari predictum.

Actum Parisius, die lune post Candelosam, anno Domini M° CC° LXXX° nono.

Bruxelles, *Archives générales du royaume;* Cartulaire 52, f° 7ª. — Copie du XIVᵉ siècle (3).

---

(1) Philippe de Beaumanoir.

(2) Cf. à ce sujet l'acte du 27 avril 1289, publié ci-dessus n° X.

(3) Il se trouve une autre copie de cette charte dans le Registre 6 des Archives communales de Tournai, f° 118ᵇ. Cette copie, qui

XIV.

Mai (?) 1290.

Arrêt du parlement de Paris, qui termine le différend entre les prévôts et jurés de Tournai, d'une part, et le maire et les jurés de Saint-Quentin, d'autre part, en reconnaissant à ces derniers le droit de taxer ce qui se vend dans leur ville.

Cet arrêt fut rendu en 1290 pendant la session de la Pentecôte qui, cette année-là, fut célébrée le 21 mai.

Paris, *Archives nationales;* Registre Olim II, f⁰ 86ᵃ (1).

doit être du commencement du XIVᵉ siècle, est suivie dans le Registre d'une lettre écrite par le bailli de Vermandois pour assurer l'exécution du mandement royal. Voici cette lettre, que nous donnons, bien qu'elle soit tronquée, parce qu'elle émane du célèbre auteur du *Livre des coustumes et des usaiges de Biauvoisis.*

« *Phelippes de Biaumanoir, chevaliers, ballius de Vermendois, à* » *Oudard Bouviel, serjant nostre segneur le roy à Saint-Quentin,* » *salut.*

» *Nous vous mandons que che que vous verrés contenu en le lettre* » *nostre segneur le roy, que li évesques de Tournay vous fera monstrer,* » *en lequele mentions est de mener ses prisonniers par le ville de Tournay ès chemins, si com vous le verrés contenu en ledite lettre, faites* » *délivrer et despéechier, se aucuns i met empéechement.* »

(1) Ce précieux arrêt a été publié par le comte Beugnot dans *Les Olim,* t. II, p. 304. Il est en contradiction avec l'acte de juillet 1288, publié ci-dessus n° VII.

XV.

Paris, février 1291 (n. st.).

Philippe le Bel vidime et confirme le diplôme du roi Chilpéric, en date du 1er mai 562, par lequel d'importantes donations étaient faites à l'église de Tournai (1).

Philippus, Dei gratia Francorum rex.

Notum facimus universis, tam presentibus quam futuris, quod nos litteras quasdam, sigillo inclite recordationis Hilperis, quondam regis Francie, in eisdem impresso litteris, intus et foris, sine laqueo, cujus caracter est dimidia hominis ymago, cum pileo in capite, cujus littere sunt in circumferentia « Hilpericus rex Francorum », sigillatas, vidimus in hac (sic) verba, diptongis tamen in eisdem scriptis litteris in presenti transcripto non expressis :

« In nomine omnipotentis Dei. . » etc.

(Suit le texte du diplôme de Chilpéric, en date de « Bibrax, kal. maij, anno primo regni Hilperichi gloriosi regis, indictione XIIIᵃ », par lequel ce roi donne le tonlieu sur l'Escaut, et quantité d'autres droits, à l'église de Tournai représentée par Chrasmer, évêque de Tournai-Noyon.)

Quod autem vidimus hoc testamur.

---

(1) Ce diplôme de Chilpéric a été publié souvent, notamment dans les *Diplomata, chartæ*, etc., t. I, p. 122, et dans les *Monumenta Germaniæ historica : Diplomat. Imp.*, t. 1, p. 150. Il est aujourd'hui reconnu faux par tous les diplomatistes. La charte de Philippe le Bel dans laquelle le diplôme de Chilpéric est vidimé, a été éditée par MIRÆUS, *Op. dipl.* (édit. Foppens), t. II, p. 1313, par POUTRAIN, *Histoire de Tournay*, Preuves, p. 1, et par d'autres encore. Elle n'est pas plus authentique que le diplôme lui-même. Il suffit, pour en être convaincu, de comparer son texte avec celui des autres chartes où Philippe le Bel vidime et confirme des donations.

In cujus testimonium, presentibus litteris nostrum fecimus apponi sigillum.

Actum Parisius, anno Domini millesimo ducentesimo nonagesimo, mense februario.

Tournai, *Archives communales;* Registre 36, f° 4ᵇ. — Copie de la fin du XVᵉ siècle.

XVI.

Paris, mars 1291 (n. st.).

Philippe le Bel vidime et confirme l'accord passé au mois de novembre 1289 entre le comte Guy de Flandre et les Tournaisiens, relativement au droit de justice que le comte prétendait exercer sur les bourgeois de Tournai.

Philippus, Dei gratia Francorum rex, universis presentes litteras inspecturis, salutem.

Notum facimus quod nos litteras quasdam, sigillo dilecti et fidelis nostri Guidonis, comitis Flandrie et marchionis Namurcensis, sigillatas, vidimus in hec verba :

« A tous ceaus ki ces présentes lettres veront et oront, nous Guis » etc.

(Suit le texte de l'accord fait « l'an de gratie mil deus cens quatre vins et neuf, el mois de novembre », entre le comte de Flandre et les Tournaisiens, au sujet de la juridiction du comte sur les bourgeois de Tournai) (1).

Nos autem, pacem et compositionem predictas, ratas et gratas habentes, predicta omnia et singula, prout superius sunt expressa, volumus, confirmamus, et ad petitionem dic-

---

(1) Cet accord est publié dans les *Ordonnances des rois de France,* t. XI, p. 567. — Bien que l'édition des *Ordonnances,* qui n'a pas été faite d'après l'original, laisse à désirer, nous n'avons pas cru devoir reproduire ici ce document intéressant. mais extrémement long.

tarum partium, tenore presentium approbamus, salvo tamen in omnibus jure nostro et jure quolibet alieno.

Quod ut ratum et stabile permaneat in futurum, presentibus liiteris nostrum fecimus apponi sigillum.

Actum Parisius, anno Domini millesimo ducentesimo nonagesimo, mense marcio.

Sur le repli : Facta est collatio; P. de Bituris.

> Lille, *Archives du Nord,* B. 304. — Original sur
> parchemin, scellé sur lacs de soie verte et rouge du
> grand sceau royal en cire verte (1).

XVII.

Senlis, juillet 1291.

*Philippe le Bel ratifie, sur la demande de la demoiselle
Marie de Mortagne, châtelaine de Tournai, la confirmation
par elle faite après sa majorité de la vente du Château du
Bruille, précédemment consentie par ses tuteurs à la
commune de Tournai (2).*

Actum Silvanecti, anno Domini millesimo ducentesimo nonagesimo primo, mense julio.

> Tournai, *Archives communales;* Chartrier, layette
> de 1291. — Original scellé (3).

---

(1) Il y a aux Archives communales de Tournai (Chartrier, layette de 1290), deux autres exemplaires originaux de la charte royale de mars 1291. Tous deux se présentent dans les mêmes conditions matérielles que l'exemplaire de Lille.

(2) Cf. ci-dessus la Pièce justificative n° IX.

(5) Cette charte a été publiée par nous, dans le Mémoire intitulé: *Comment le quartier du Château fut réuni à la Cité de Tournai en 1289,* page 42. (Extrait du tome XXIV des *Bulletins de la Société historique et littéraire de Tournai.*)

XVIII.

Senlis, juillet 1291.

Philippe le Bel vidime et approuve la vente du bois Estrieux, faite par Jacques de Chatillon-Saint-Pol à la commune de Tournai.

Actum apud Silvanectum, anno Domini millesimo ducentesimo nonagesimo primo, mense julio.

Tournai, Archives communales; Chartrier, layette
de 1291. — Original scellé (1).

XIX.

Paris, samedi 22 décembre 1291.

Philippe le Bel prescrit à son bailli de Vermandois de prendre toutes les mesures requises pour que le comte de Hainaut cesse de molester les Tournaisiens, et pour qu'il fasse amende honorable au sujet des torts qu'il leur a causés, à Warchin et à Manaing notamment.

Donné à Paris, le samedi devant Noël.

Paris, Archives nationales; J. 519, n° 3. — En vidi-
mus dans une lettre du prévôt de Saint-Quentin au
bailli de Vermandois, datée du 9 janvier 1292 (2).

---

(1) Cette charte a été publiée par nous dans le Mémoire intitulé: *Comment la commune de Tournai s'agrandit aux dépens du comté de Hainaut, à la fin du XIIIe siècle*, page 42. (Extrait du tome XXIII des *Annales du Cercle archéologique de Mons.*)

(2) Cette charte a été publiée par nous, en même temps que la lettre du prévôt de Saint-Quentin dans laquelle elle se trouve vidimée, dans le Mémoire intitulé: *Comment la commune de Tournai s'agrandit aux dépens du comté de Hainaut, à la fin du XIIIe siècle*, page 43. (Extrait du tome XXIII des *Annales du Cercle archéologique de Mons.*)

XX.

La Feuillie, octobre 1292.

Philippe le Bel confirme à l'abbaye de Saint-Martin de Tournai, moyennant payement par elle de 8 livres 10 sous parisis, la propriété d'une maison, et de rentes assignées sur d'autres maisons sises à Tournai (1).

Philippus, Dei gratia Francorum rex.

Notum facimus universis, tam presentibus quam futuris, quod cum abbas et conventus Sancti-Martini Tornacensis, ordinis Sancti-Benedicti, pro triginta et duobus solidis, cum sex denariis parisiensium, et quatuor caponibus assignatis super domibus que quondam fuerunt Jacobi dicti Carbon, sitis in vico des Avulles (2); item pro decem et septem solidis paris. super quibusdam domibus sitis in vico predicto, que quondam fuerunt Jacobi dicti Carbon, et pro una domo valoris octo solidorum paris. annui redditus, sita juxta domum Bonorum puerorum (5), tam per elemosinam quam aliter

---

(1) Pour bien comprendre la charte qui va suivre, il faut en comparer le texte avec celui de la pièce signalée ci-après n° XXI. Cette dernière nous révèle qu'Evrard Porion et Lysiard Le Jaune avaient reçu du roi mission de lever, dans le bailliage de Vermandois, un impôt sur tous les biens acquis depuis quarante six ans, sans l'assentiment royal, par les ecclésiastiques, les maisons religieuses et les personnes non nobles relevant de ce bailliage. On sait par le compte du Trésor du Louvre de la Toussaint 1296 (publ. par M. J. Havet dans la *Bibliothèque de l'École des chartes,* ann. 1884, p. 241) que la mission confiée à Evrard Porion et à Lysiard Le Jaune n'avait pas alors produit moins de 330 liv. par.

(2) La rue des Aveugles, à Tournai, aboutissait à l'enclos de l'abbaye de Saint-Martin.

(5) La maison des Bons-Enfants était, croyons-nous, située à Tournai, derrière ce qu'on appelle aujourd'hui le Réduit des Sions, et vers la Roquette Saint-Nicaise.

acquisitis, in feodo, retrofeodo, censivis seu allodiis nostris, sibi et ecclesie sue perpetuo remanendis, cum magistro Evrardo Porion, canonico Suessionensi et Lysiardo Le Jaune, cive Laudunensi, ad hec deputatis pro nobis, finaverunt pro octo libris et decem solidis paris. eisdem deputatis, solutis prout de hiis per ipsorum deputatorum patentes litteras nobis constat.

Nos eandem finationem ratam et gratam habentes, prefatis abbati, et conventui, et ecclesie concedimus quod predicta acquisita perpetuo teneant et habeant, absque coactione vendendi vel extra manum suam ponendi, salvo in aliis jure nostro et jure quolibet alieno.

Quod ut firmum et stabile perseveret, presentibus litteris nostrum fecimus apponi sigillum.

Actum Foilleiam (sic) (1), anno Domini Mº CCº nonagesimo secundo, mense octobri.

Bruxelles, *Archives générales du royaume;* Cartulaire 121, p. 70. — Copie du XIVᵉ siècle.

XXI.

Asnières (?), octobre 1292.

Philippe le Bel confirme à l'abbaye de Saint-Nicolas-des-Prés lez-Tournai, moyennant payement par elle de 24 livres parisis, la propriété de maisons sises à Tournai, et dont le produit était évalué à 12 livres par. chaque année.

Actum apud Asner, anno Domini millesimo ducentesimo nonagesimo secundo, mense octobri (2).

---

(1) La Feuillie, Seine-Inférieure, canton d'Argueil.

(2) Cette charte a été publiée dans les *Mémoires de la Société historique et littéraire de Tournai,* t. XIII, p. 29, par M. J. Vos, qui dit l'avoir tirée d'un cartulaire de l'abbaye de Saint-Nicolas-des-Prés, appelé le *Rouge livre.* Mais M. Vos n'a pas indiqué le lieu de gisement de ce cartulaire, qui se trouve, croyons-nous, dans les mystérieuses archives du chapitre de Tournai.

XXII.

Paris, décembre 1292.

Philippe le Bel concède à l'évêque de Tournai, pour lui et ses successeurs, l'usage des murailles et des tournelles de la ville de Paris, situées derrière la maison que possèdent les évéques de Tournai, près de la porte Saint-Marcel, sous la condition toutefois que les rois de France pourront toujours reprendre ce droit d'usage, si l'intérét public l'exige.

Philippus, Dei gratia Francorum rex.

Notum facimus universis, tam presentibus quam futuris, quod nos dilecti et fidelis nostri J[ohannis] (1), Tornacensis episcopi, gratum servitium attendentes, domui sue site Parisius prope portam que dicitur Porta-Sancti-Marcelli, annectimus imperpetuum, et eidem episcopo, suisque successoribus episcopis Tornacensibus, dominis domus predicte, donamus et concedimus usum et utilitatem murorum et tornellarum nostrorum ville Parisiensis, sitorum retro domum predictam, prout se comportat dicta domus, cum muris et tornellis predictis, a domo quondam comitis Barri, ex una parte, usque ad domum que fuit magistri Mathei de Savegniaco, que quondam fuit domine de Bovis, ex altera; tenendos, inhabitandos et cooperiendos absque perforatione, prout ipsi episcopo et dominis dicte domus expediens videbitur. Ita tamen quod nos et successores nostri dictos muros et tornellas recipere et rehabere possimus, quotiens propter necessitatem vel utilitatem publicam dicte ville Parisiensis viderimus expedire; salvo tamen in hujusmodi jure quolibet alieno, et in aliis jure nostro.

---

(1) Jean de Vassoigne, élu évêque de Tournai après la mort de Michel de Warenghien, survenue le 15 novembre 1291.

Quod ut firmum et stabile permaneat in futurum, presentibus litteris nostrum fecimus apponi sigillum.

Actum Parisius, anno Domini millesimo ducentesimo nonagesimo secundo, mense decembri.

Bruxelles, *Archives générales du royaume;* Cartulaire 52, fo 4b. — Copie du XIVe siècle.

XXIII.

Paris, mardi 3 février 1293 (n. st.).

Philippe le Bel mande au bailli de Vermandois de contraindre, même par la saisie de ses biens, le comte de Hainaut à faire aux Tournaisiens l'amende honorable qu'il a promis de leur faire, pour les torts qu'il leur a causés à Warchin et à Manaing.

. Philippus, Dei gratia Francorum rex, ballivo Viromandensi (1) salutem.

Cum comes Haynonie personaliter constitutus, resaisierit oretenus et de ciroteca Guillelmum Castagne, prepositum, et Jacobum de Sancto Petro, procuratores prepositorum, juratorum et communie Tornacensis, nomine dictorum prepositorum, juratorum et communie, et pro ipsis, super prisiis cujusdam hominis apud Warchin (2), culcitre, pannorum et aliarum rerum apud Manang (3), factis per gentes comitis predicti, in justicia et jurisdictione de quibus erant in saisina prepositi, jurati et communia memorati; eidemque comiti injunctum fuerit quod ad loca predicta, ipsos prepositos et juratos, nomine predicto, de homine, culcitra, pannis et rebus aliis predictis resaisiat, quod facere idem comes promisit

---

(1) Gautier Bardin.

(2) Warchin, Hainaut, arrondissement et canton de Tournai.

(3) Manaing, Hainaut, arrondissement et canton de Tournai, commune de Kain.

expresse, salva ipsi comiti proprietatis questione, si super ea contra predictos voluerit experiri (1);

Quare tibi mandamus quatenus dictum comitem requiras ut adimpleat supradicta, infra certum tempus a te eidem prefigendum. Quod si non fecerit, ipsum ad hoc compellas et compelli facias per suorum captionem bonorum.

Actum Parisius, die martis post Candelosam, anno Domini millesimo ducentesimo nonagesimo secundo.

Per cameram.

> Tournai, *Archives communales;* Chartrier, layette de 1292. — Original sur parchemin, scellé sur simple queue, en cire blanche.

XXIV.

Paris, août 1293.

Philippe le Bel vidime et confirme un acte du 16 mai 1293, en vertu duquel le doyen et le chapitre de l'église de Tournai, ont cédé à la commune de Tournai, moyennant paiement par elle d'une rente de 300 livres parisis, chaque année, tous les droits de tonlieu appartenant au chapitre.

Philippus, Dei gratia Francorum rex.

Notum facimus universis, tam presentibus quam futuris, nos quasdam litteras, sigillo decani et capituli ecclesie Beate-Marie Tornacensis sigillatas, ut prima facie apparebat, vidisse, formam que sequitur continentes :

« Nous doyens et li capitles de l'églize Nostre-Dame de Tournai, faisons savoir » etc.

(Suit le texte de l'acte daté de « l'an de gratie mil deus cens nounante et trois, el mois de may, le vigile de le Penthecouste »,

---

(1) Cf. à ce sujet l'acte signalé ci-dessus, n° XIX, et notre Mémoire intitulé : *Comment la commune de Tournai s'agrandit aux dépens du comté de Hainaut à la fin du XIIIe siècle* (extrait du tome XXIII des *Annales du Cercle archéologique de Mons*), passim.

en vertu duquel le doyen et le chapitre de l'église de Tournai déclarent avoir cédé à la commune de Tournai, moyennant paiement par elle d'une rente annuelle de 300 livres parisis, les vinages, forages, pontenages et autres droits de tonlieu possédés par le chapitre) (1).

Nos autem conventiones hujusmodi, et alia supradicta rata et grata habentes, ea, quantum in nobis est, volumus, laudamus ac etiam approbamus, salvo in justicia et aliis jure nostro et jure quolibet alieno.

Quod ut firmum et stabile permaneat in futurum, presentibus litteris nostrum fecimus apponi sigillum.

Actum Parisius, anno Domini millesimo ducentesimo nonagesimo tercio, mense augusto :

Sur le repli :) Collatio facta est per me N. de Longoprato.

> Tournai, *Archives communales;* Chartrier, layette de 1293. — Original sur parchemin, scellé sur lacs de soie verte et rouge du grand sceau royal en cire verte.

XXV.

Melun, novembre 1293.

Philippe le Bel prend l'église de Notre-Dame de Tournai sous sa sauvegarde et protection, et déclare qu'en aucun temps cette église ne pourra être séparée de la couronne de France, ni soustraite à l'autorité directe des rois ses successeurs.

Actum Meleduni, anno Domini M° CC° nonagesimo tertio, mense novembri.

> Bruxelles, *Archives générales du royaume;* Fonds de l'évêché de Tournai, n° 953. — Copie authentique du XVIe siècle (2).

---

(1) POUTRAIN, *Histoire de Tournai,* Preuves p. 26, a donné de cet acte une édition défectueuse.

(2) Cette charte est publiée dans les *Ordonnances des rois de France,* t. XI, p. 574, d'après un cartulaire des Archives capitulaires de Tournai, coté D, f° 244.

XXVI.

Novembre (?), 1293.

Arrêt du parlement de Paris, spécifiant les immunités dont les gens de Tournai jouissent au péage de Bapaume ; ils ne sont dispensés d'acquitter les taxes que s'ils prennent la route de Roye.

Paris, *Archives nationales;* Registre Olim II, f° 99ª (1).

XXVII.

Paris, jeudi 11 mars 1294 (n. st.),

Philippe le Bel publie les conditions de l'accord conclu, par son entremise, entre l'évêque et la commune de Tournai, au sujet des nombreuses questions qui les divisaient, celle de l'autorité sur les Béguines, et celle de la juridiction dans le palais épiscopal de Tournai, entre autres.

Philippus, Dei gratia Francorum rex,

Notum facimus universis, tam presentibus quam futuris, quod cum contentio in Curia nostra verteretur inter dilectum nostrum J[ohannem] (2), episcopum Tornacensem, ex parte una, et prepositos, juratos, scabinos, ceterosque rectores civitatis Tornacensis, necnon ejusdem civitatis communiam, ex altera, hinc inde, super questionibus infrascriptis, dictus episcopus habens super hoc consensum capituli sui, per litteras dicti capituli exhibitas in Curia nostra, et Jacobus dictus Moutons, et Michael de Froyania, cives Tornacenses, procuratores eorumdem prepositorum, juratorum, scabinorum aliorumque rectorum et communie, predictorum, per litteras

---

(1) Cet arrêt a été publié par le comte BEUGNOT dans *Les Olim*, t. II, p. 553.

(2) Jean de Vassoigne.

eorumdem habentes potestatem per easdem litteras paciscendi,
componendi et compromittendi, submiserunt se, procuratorio
nomine, et pro ipsis prepositis, juratis, scabinis, rectoribus et
communia, de alto et basso, super omnibus infrascriptis, omnimode ordinationi nostre, ita quod ordinationem nostram per
nos vel per dilectos et fideles nostros .. archiepiscopum Nerbo-
nensem (1), magistrum Geraldum de Malomonte, clericum
nostrum, et Oudardum de Novavilla, facere et pronunciare
possemus; et quod predicti archiepiscopus, magister Geraldus
et Oudardus, vice et auctoritate nostra, super eisdem questionibus, partibus presentibus in Curia nostra et consentientibus,
habito prius tractata super singulis infrascriptis, pronunciatis
ab eis, cum dictis episcopo et procuratoribus, eisdemque de
communi consensu ad concordiam, prout inferius pronunciatum est, reductis, earumdem partium ad id accedente consensu,
prout eedem partes in eadem Curia nostra recognoverunt,
ordinaverunt et pronunciaverunt inter easdem partes prout
sequitur :

In primis, ordinaverunt et pronunciaverunt inter easdem
partes, vice et auctoritate nostra, quod dictus episcopus habeat
institutionem et destitutionem magistre Beguinarum Tornacensium; et officium suum excercebit prout hactenus facere
consuevit; jurabit autem episcopus, vel ejus mandato, pro hiis
que tangunt spiritualitatem; prepositis autem, scabinis et juratis Tornacensibus pro temporalitate. Et actum est inter partes
quod littera quam dicti prepositi, jurati et scabini habent ab
episcopo memorato, remaneat in suo robore. et per hoc neutri
partium prejudicium fiat.

Item, pronunciaverunt quod denarii abscissi, quos ceperunt
cives Tornacenses penes quemdam falsum monetarium, dicto
episcopo restituentur, tanquam falsi eo quod justo pondere
carent.

---

(1) Gilles Aycelin de Montaigu fut depuis archevêque de Rouen,
où il fut transféré, de Narbonne, en 1511.

Item, domus supra Cambium, que in manu nostra est, campsoribus restituetur, et pensio inde habita uno anno per gentes
dicti episcopi pro non recepta habeatur, ita quod res sit in quo
erat ante pensionem habitam vel receptam; et inde manus
nostra amovebitur. Captio quam ballivus episcopi fecit in dicto
Cambio de moneta, pro non facta habebitur; ita quod jus
partium sit in statu in quo erat ante captionem predictam.

Item, de uxoribus clericorum, pronunciaverunt quod justicia
in omnibus contractibus et delictis earumdem, et omnibus
casibus de cetero, remaneat episcopo memorato, exceptis delictis in quibus esset plaga aperta, et majoribus delictis que
prepositis, scabinis et juratis remanebunt, et salvo quod
prepositi, scabini et jurati, uxores clericorum, si tenerent
publica lupanaria, vel de se vel de aliis, informatione fideli
prius facta per juramenta vicinorum, poterunt bannire; ita
quod, per hoc, prejudicium non intendimus fieri dicto episcopo
in juridictione sua ecclesiastica.

Item, de domo episcopali, pronunciaverunt quod dicti cives
peticioni quam fecerant de justicia ejusdem domus renuntia-
bunt, et omni juri quod potest eis competere in eadem; et habebit dictus episcopus in eadem domo et appendiciis suis plenum
dominium, bassam et altam et omnimodam justiciam, tam in
proprietate quam in possessione, solus et in solidum; ita quod
nullus nisi ipse in dicta domo de cetero justiciam habebit (1).
Sciendum tamen est quod aliquis burgensis juratus communie
Tornacensis, vel filius burgensis jurati manens in manuburnia
patris sui, de cetero in dicta domo ad duellum non valebit
provocari, nisi pro feodo, vel retrofeodo, vel hereditagio quod a
dicto episcopo mediate vel immediate teneatur.

Item, concessit episcopus predictus eis adpresens, quod

---

(1) Cf. l'arrêt du parlement de Paris signalé par M. Léopold
Delisle dans sa *Restitution d'un volume des Olim* (BOUTARIC, *Actes du
Parlement de Paris*, t. Ier, p. 402), et les actes publiés ci-dessus
nos X et XIII.

domunculas quas habet locatas, quarum hostia aperiuntur ante ecclesiam Beate-Marie Tornacensis, claudet et claudi faciet adpresens; ità tamen quod per hoc sibi et successoribus suis nullum prejudicium generetur, quin possit eas claudere, aperire et locars quotienscunque sibi expediens videbitur.

Item, cum dicti cives pretendant quod dictus episcopus non potest arrestare, in casu non presenti, per justiciam suam secularem, burgenses juratos communie Tornacensis, vel filios suos manentes in manuburnia sua, confitentes tamen quod per eandem jurisdictionem suam temporalem, burgenses et filios dictos bene potest arrestare in presenti forefacto, ordinatum est quod super hoc nos inquiri faciemus veritatem, secundum articulos a partibus tradendos; et ordinatum est per nos quod si arrestum aliquod fiat in casu non presenti, dicta inquisitione pendente, quod sine dilatione fiet recredentia de dictis arrestandis per manum episcopi, per unam plegeriam hic faciendam. Non tamen consenserunt dicti procuratores huic arresto, et pronunciatum est quod per hoc partibus nullum prejudicium fiat.

Item, de conductu aque, pronunciatum est quod ubi calceia est et via communis supra dictum conductum, si dictus conductus reparatione indigeat, dicti cives calceiam supra dictum conductum, ad petitionem dicti episcopi vel mandati sui tenebuntur amovere; et dictus episcopus suum conductum reficere poterit; quo refecto dicti cives suam calceiam poterunt reparare. Et illud quod factum est in manu nostra pro non facto habebitur; ita tamen quod conductus episcopi, si refectus sit, remanebit refectus.

Item de contencione justicie de Orke, (1) inqueste et processus judicentur.

_____

(1) Une partie du village actuel d'Orcq (Hainaut, arrondissement et canton de Tournai), se trouvait autrefois dans la banlieue de Tournai. C'est pour cela que la commune en contestait la juridiction à l'évêque.

Item concordatum est quod domus episcopi que sunt supra Scaldam, dictis civibus perpetuo remanebunt; ita tamen quod eidem assignabunt dicto episcopo, in redditibus admortizatis competenter, infra banleucam Tornacensem, in dyocesi Tornacensi, tantum quanto plus locate fuerunt uno anno, a quinque annis citra; ad quam assignationem faciendam tenebuntur infra duos menses; in qua si defecerint, solvere tenebuntur, quousque dictam assignationem fecerint, estimationem predictam ad duos terminos, scilicet dimidiam partem in Nativitate beati Johannis, et aliam dimidiam in Nativitate Domini; in qua solutione si deficerent, per octo dies continuos ex tunc in antea, pro qualibet ebdomada, pro interesse, viginti solidos parisiensium dicto episcopo solvere tenebuntur.

Item, serviens episcopi de scutella, qui tenet feodum quod olim Liebertus, dictus de Curia, tenuit, etiam si sit burgensis juratus dicte communie, erit liber ab omni tallia et exactione quacunque; et poterit idem episcopus suum feodum justiciare. Et mediante hoc, omnis justicia domus quondam dicte Lieberti et pertinenciarum ejus, site juxta cimiterium Sancti-Piati Tornacensis, dictis civibus remanebit, excepta justicia feodi, prout superius est expressum.

Item, dicti cives procurabunt quod cause que ventilate fuerunt in curia Remensi, inter Agnetem La Parie et Ysabellam dictam La Reyne, que tunc erant beguine, ex una parte, et officialem Tornacensem, necnon causa que ventilata fuit in curia predicta inter Walterum de Crisco, ex una parte, et officialem predictum remanebunt in statu in quo sunt, nec partes ulterius dictas causas prosequentur; et quod partes remanebunt libere et immunes ab omnibus sumptibus et expensis adjudicatis et adjudicandis; et si quid solutum fuerit, ab altera parte eidem restituetur. Et hoc procurabit fieri idem episcopus per officialem suum predictum.

Quibus ordinacionibus et pronunciationibus factis in Curia nostra, presentibus partibus antedictis, eedem partes ordina-

ciones et pronunciationes easdem laudaverunt, approbaverunt,
et se observaturas in perpetuum promiserunt. Obligantes
dictus episcopus se et successores suos, et dicti procuratores
procuratorio nomine, dictos prepositos, scabinos, juratos et
communiam, ac successores suos ad observacionem premissorum. Volentes ipsos et eorum successores per nos et successores nostros ad premissa tenenda et firmiter observanda
compelli.

Quod ut firmum et stabile permaneat in futurum, ad
requisitionem dictarum partium, presentibus litteris nostrum
fecimus apponi sigillum, salvo in omnibus jure nostro et jure
quolibet alieno.

Actum Parisius, die jovis post Brandones, anno Domini
M° CC° nonagesimo tercio.

Tournai, *Archives communales;* Chartrier, layette
de 1293. — Original sur parchemin, scellé sur lacs
de soie verte et rouge du grand sceau royal en cire
verte.

XXVIII.

Maubuisson, vendredi 12 novembre 1294.

*Philippe le Bel concède à l'évéque de Tournai le droit de
lever à Helchin, pendant deux années à compter de la
Noël 1294, un impôt pour la réfection des chaussées de
cette commune.*

Philippus, Dei gratia Francorum rex, universis presentes
litteras inspecturis, salutem.

Notum facimus nos ad requisitionem dilecti et fidelis nostri
J[ohannis] (1), Tornacensis episcopi, sibi concessisse pavagium

---

(1) Jean de Vassoigne.

in villa sua de Helchin (1), ab instanti festo Nativitatis Domini usque ad duos annos continuos, ibidem levandum prout alias in eadem villa vel in locis vicinis consuevit levari, pro refectione calceatarum et viarum ville predicte.

In cujus rei testimonium presentibus litteris nostrum fecimus apponi sigillum.

Actum apud abbatiam Beate-Marie juxta Pontisaram (2), die veneris post hyemale festum beati Martini, anno Domini M° CC° nonagesimo quarto.

Bruxelles, *Archives générales du royaume;* Cartulaire 52, f° 5ᵇ. — Copie du XIVᵉ siècle.

XXIX.

Maubuisson, novembre 1294.

Philippe le Bel concède à l'évêque de Tournai le droit d'établir à Helchin un marché le mardi de chaque semaine, sous la condition que les revenus à tirer de ce marché par l'évêque seront attribués au roi de France pour sa régale, quand le siège épiscopal de Tournai sera vacant (3)

Philippus, Dei gratia Francorum rex.

Notum facimus universis, tam presentibus quam futuris, nos,

---

(1) Helchin (Province de Flandre occidentale, arrondissement de Courtrai, canton de Mouscron), était autrefois le chef-lieu d'une petite seigneurie qui s'étendait sur les territoires d'Helchin, de Bossuyt, d'Espierre et de Saint-Genois, et qui appartenait en propre aux évêques de Tournai. Bien que la seigneurie d'Helchin fût tout entière dans la Flandre flamingante, les rois de France n'admirent jamais qu'elle pût relever du comte de Flandre, et ne cessèrent d'en revendiquer l'hommage, prétendant que, puisqu'elle appartenait à un évêque de France, elle ne pouvait dépendre que du roi de France.

(2) Notre-Dame-la-Royale, abbaye de femmes de l'ordre de Citeaux, fondée par Saint-Louis en 1241, située au diocèse de Paris, près de Pontoise, était appelée communément Maubuisson.

(3) Cf. au sujet de cette charte les notes de la pièce précédente, n° XXVIII.

ad requisitionem dilecti et fidelis nostri J[ohannis], episcopi Tornacensis, sibi concessisse, de gratia speciali, quod ipse, in villa sua de Helchin, qualibet septimana. die martis, possit inperpetuum habere et tenere mercatum, hoc observato quod, sede Tornacensi vacante, proventus et exitus dicti mercati in jus regalium nostrorum ipsius episcopatus cedant et nobis applicentur, salvoque in aliis jure nostro et jure quolibet alieno.

Quod ut firmum et stabile permaneat in futurum, presentibus litteris nostrum fecimus apponi sigillum.

Actum apud regalem abbatiam Beate-Marie juxta Pontisaram, anno Domini millesimo ducentesimo nonagesimo quarto, mense novembri.

Bruxelles, *Archives générales du royaume*; Cartulaire 32, f° 5ᵇ. — Copie du XIVᵉ siècle.

XXX.

Paris, lundi 22 novembre 1294.

Philippe le Bel défend au bailli d'Amiens et aux autres officiers royaux, de laisser appeler les Tournaisiens en cause devant les juges ecclésiastiques, pour les actions réelles dont la connaissance regarde le roi.

Philippus, Dei gratia Francorum rex, ballivo Ambianensi, ceterisque justiciariis regni nostri, ad quos presentes littere pervenerint, salutem.

Mandamus vobis, et vestrum singulis, quatenus cives Tornacenses, aut eorum aliquem, super actionibus realibus quorum cognitio ad nos spectat, in causam trahi coram ecclesiastico judice non permittatis. Quod si aliqui contra fecerint, ipsos coherceatis per temporalitatum suarum captionem, prout ad se vestrum quilibet noverit pertinere (1).

---

(1) Cette charte est à rapprocher de l'acte du 4 juin 1287, publié ci-dessus, n° IV.

Actum Parisius, in vigilia beati Clementis, anno Domini M° CC° nonagesimo quarto.

XXXI.

Paris, lundi 24 janvier 1295 (n. st.).

Philippe le Bel fait connaître à tous que l'évêque de Tournai lui a concédé le droit de faire frapper à Tournai, pendant quatre ans, la grosse monnaie royale d'argent, sous condition cependant que la monnaie épiscopale continuerait de pouvoir être battue à Tournai. (2)

Philippus, Dei gratia Francorum rex, universis presentes litteras inspecturis, salutem.

Noveritis quod dilectus et fidelis noster Johannes, episcopus Tornacensis, ad quem spectat, ut dicebat, jus cudendi monetam in civitate Tornacensi, ad instantiam nostram benigne concessit, quod nos monetam nostram grossam argenteam cudi faciamus per quadriennium continuum in civitate Tornacensi. Et nichilominus idem episcopus monetam suam cudi faciat si viderit expedire. Premissa autem concessit, hoc salvo quod per hec sibi vel ecclesie sue nullum prejudicium generetur.

In cujus rei testimonium, presentibus litteris nostrum fecimus apponi sigillum.

Actum Parisius, die lune post festum beati Vincentii, anno Domini M° CC° nonagesimo quarto.

---

(1) La dernière note de la charte du 18 février 1289, publiée ci-dessus nᵒ VIII, s'applique également au présent mandement.

(2) Cf. à ce sujet un article de M. le comte Georges de Nédonchel, paru dans les *Bulletins de la Société historique et littéraire de Tournai,* tome XX, p. 245.

XXXII.

Saint-Germain-en-Laye, mercredi 6 juillet 1295.

Philippe le Bel déclare avoir concédé aux gens de Tournai le droit de percevoir en double, pendant cinq années encore, l'impôt que Philippe le Hardi, son père, les avait autorisés à lever, pour la réparation de leurs murailles et autres nécessités.

Philippus, Dei gratia Francorum rex, universis presentes litteras inspecturis, salutem.

Notum facimus nos, preposito, juratis et civibus Tornacenbus, concessisse ex causa, quod ipsi, collectam sive assisiam que in villa Tornacensi, ex concessione clare memorie domini genitoris nostri (1), colligitur pro reparatione murorum et aliis necessitatibus ipsius ville, duplicare valeant, et, usque ad quinquennium integrum a data presentium continue numerandum, levare ac exigere dupplicatam.

In cujus rei testimonium, presentibus litteris nostrum fecimus apponi sigillum.

Actum apud Sanctum-Germanum in Laia, die mercurii post festum sancti Martini estivalis, anno Domini M° CC° nonagesimo quinto.

Tournai, *Archives communales*; Registre 6, f° 132ᵇ. — Copie du XIVᵉ siècle.

---

(1) Cette concession de Philippe le Hardi aux Tournaisiens est de l'an 1277. On peut voir à ce sujet un acte curieux dans le tome 525 (f° 208) de la Collection Moreau, à la Bibliothèque nationale, à Paris; c'est une copie de l'Ordonnance des magistrats communaux de Tournai pour l'établissement de l'impôt que le roi les avait autorisés à percevoir.

XXXIII.

Vincennes, samedi 15 octobre 1295.

Philippe le Bel mande à Jacques de Châtillon-Saint-Pol de laisser les Tournaisiens jouir en paix du droit de poursuite des malfaiteurs, qu'ils exercent, de temps immémorial, sur les terres de la seigneurie de Leuze, appartenant audit Jacques de Saint-Pol (1).

Phelippes, par la grace de Dieu roys de France, à son amé et féel chevalier Jaques de Chasteillon (2), seingneur de Leuze, salut et amour.

Comme nous vous aions autrefoiz requis que vous, nos borgois de Tournay lessissiet user paisiblement de leur chace en vostre terre, comme nous soions emfourmé qu'il en ont usé en vostre terre et ès terres voisines bien et paisiblement, de si lonc temps comme il puet souvenir à home; et comme il soient revenus à nous et nous aient requis que nous les laissions user de cele chace, et que nous les guarentissions; nous vous requérons encore que, comme nous ne leur doions défaillir de guarantie, en ce que vous, iceus bourgois, en icele chace faisant, ne les empecschiez, ne ne faciez aucun nuisement, ne ne souffrez à faire dès ore en avant.

Et se vous cuidiez avoir droit en la besoingne devant dite, et vous en voulez venir à nous comme à juge, nous i garderons vostre droit; et se vous ne voulez venir à nous comme à juge, et vous i voulez venir comme à voisin, nous vous en ferons volentiers comme bon voisin.

---

(1) Cette charte doit être rapprochée de celles qui sont publiées ci-après, sous les nos XXXIV, XXXVII et XLIII.

(2) Jacques de Châtillon, seigneur de Leuze et de Condé, frère du comte Hugues de Saint-Pol, était l'oncle de la reine, femme de Philippe le Bel.

Et sachiez que nous mandons par unes autres lettres à nos genz de ces parties que il guardent et guarantissent les dis bourgois et leurs biens, de par nous, en faisant ceste chace, et par raison d'icele; et qu'il ne soient par vous forciés ne oppressés en leurs autres droitures par la raison de la chace devant dite.

Donné à Vicennes, le samedi après la feste saint Denis, en l'an de grâce, M CC quatre vinz et quinze.

Tournai, Archives communales; Chartrier, layette de 1295. — Original sur parchemin, scellé sur simple queue, en cire blanche.

XXXIV.

Vincennes, samedi 15 octobre 1295.

Philippe le Bel mande à Aubert d'Hangest et au bailli de Vermandois de protéger les Tournaisiens contre Jacques de Châtillon Saint-Pol, au cas où ce seigneur les moleste- rait à l'occasion du droit de poursuite des malfaiteurs qu'ils peuvent exercer sur ses terres (1).

Phelippes, par la grace Dieu roi de France, à son amé chevalier Aubert de Hangest, et au ballieu de Vermendois (2), salut et amour.

Comme nous eussions autre fiée requis nostre féel et amé chevalier Jakes de Chateillon, seigneur de Leuze, que il nos bourgois de Tournai lessat user pesiblement de leur chace en sa terre, comme nous soions enfourmé que il en ont usé en icele terre et ès terres voisines bien et pesiblement, de si lonc temps comme il peut souvenir à homme; et comme cis bour- gois soient revenus à nous et nous aient requis que nous les

---

(1) Cf. la charte précédente, n° XXXIII.
(2) Gautier Bardin.

laissons user de cele chace et que nous les en guarantissions;
et encore le requérons-nous par unes autres lettres, que
comme nous ne leur doions défaillir de guarantie, en ce que il
iceuz bourgois en icele chace fesant ne les empeeche, ne ne
fache aucun nuisement, ne ne sueffre à fere dès ore en avant.

Et se il cuide avoir droit en la besoigne devant dite, et il en
weut venir à nous comme à juge, nous i guarderons son droit;
et se il n'i weut venir comme à juge, et il i weut venir comme à
voisin, nous li en ferons volentiers comme bon voisin.

Nous vous mandons que vous les bourgois devant dis et
leur biens guardés et defendès de forces et de violences, et
guarantisiés de par nous en fesant ladite chace, et par reson
d'icele, et qu'il ne soient forcée ne oppressé par iceli Jake, ne
par autre, en leurz autres droitures, par la reson de cele
chace.

Donné à Vicennes, le samedi après la feste saint Denis, en
l'an de grâce M CC quatrevinz et quinze.

Tournai, Archives communales; Chartrier, layette
de 1295. — Deux exemplaires originaux sur parchemin, scellés sur simple queue, en cire blanche.

XXXV.

Paris, janvier 1296 (n. st).

*Philippe le Bel publie un arrêt du parlement de Paris,
portant que les magistrats de Tournai doivent faire prêter
serment à tous les marchands de vin de leur ville, qu'ils
remettront exactement au chapitre de Tournai la mesure
à laquelle il a droit sur chaque tonneau de vin vendu à
Tournai et ou destroit.*

Philippus, Dei gratia Francorum rex, universis presentes
litteras inspecturis, salutem.

Notum facimus, quod cum decanus et capitulum ecclesie

Tornacensis, in garda nostra speciali existentes suppliciter requirerent a Curia nostra, ut, cum ipsi ex dono regum Francie, ut dicebant, foragium habeant in civitate et districtu Tornacensi, de quolibet videlicet dolio vini vendito certam portionem seu mensuram vini; venditores tamen vini fraudulenter numerum doliorum subticent, et ob hoc dicti decani et capitulum non modicum dampnum sustinent et gravamen, remedium apponeremus oportunum; dictis civibus vocatis proponentibus ex adverso quod omnimodam habebant jurisdictionem in civitate Tornacensi, et ideo peterent causam hujusmodi ad se remitti, offerentes se paratos de suis civibus facere justicie complementum Auditis hinc inde propositis, habita certa deliberatione super premissis, consuluit Curia nostra dictis civibus quod, requisiti ex parte dictorum decani et capituli, faciant prestari sollempniter in presentia procuratoris ipsorum decani et capituli juramentum a qualibet persona principali vendente ibi vinum, quod fideliter de quolibet dolio vini vendito, portionem seu mensuram solitam reddant eisdem et exsolvant, retento a Curia nostra quod si per dictum juramentum fraux in premissis non cesset, aliud remedium oportunum per dictam Curiam valeat adhiberi (1).

In cujus rei testimonium, presentibus litteris nostrum fecimus apponi sigillum.

Actum Parisius, anno Domini M° CC° nonagesimo quinto, mense januario.

Sur le repli :) Concordatum per Consilium.

Tournai, *Archives communales;* Chartrier, layette de 1295. — Original sur parchemin, scellé sur double queue, en cire blanche.

---

(1) Au sujet de cet arrêt du parlement, cf. Beugnot, *Les Olim*, t. II, p. 383, et Boutaric, *Actes du Parlement de Paris*, t. Ier, p, 289.

XXXVI.

Paris, janvier 1296 (n. st.).

Philippe le Bel publie un arrêt du parlement de Paris, por-
tant que les chanoines et les clercs de Tournai doivent être
compris dans l'édit de bannissement, que les magistrats de
Tournai promulguent chaque année contre les meurtriers
des Tournaisiens (1).

Philippus, Dei gratia Francorum rex, universis presentes
litteras inspecturis, salutem.

Notum facimus, quod cum decanus et capitulum ecclesie
Tornacensis, de nostra speciali garda existentes, a Curia nostra
supplicando peterent, ut cum singulis annis cives Tornacenses
edant et faciant bannum in civitate Tornacensi, quod
quicunque interfecerit civem suum, seu filium civis civitatis
ejusdem, infra districtum ipsius civitatis vel extra, ubicunque,
ab ipsa civitate perpetuo sit bannitus, de canonicis et clericis
ipsius civitatis nulla omnino in dicto banno habita mentione,
licet dicti cives secundum tenorem litterarum suarum exhibitarum coram dicta Curia nostra, tantum de uno canonico vel
clerico injuriam passo civitatis ejusdem, quantum de uno cive
suo facere teneantur, propter quod eosdem canonicos et clericos contingit multis mortis periculis subjacere, dictos cives,
prepositos, juratos, et alios rectores civitatis Tornacensis, ad
ponendos ipsos canonicos et clericos in dicto banno quando-
cunque ipsum fieri continget, compellere dignaretur. Tandem
auditis et plenius intellectis que ambe partes hinc inde pro et
contra super premissis proponere voluerint, fuit, ipsis partibus
presentibus, per dicte Curie nostre judicium ordinatum et
pronunciatum, dictos canonicos et clericos in prefato banno

---

(1) Il faut rapprocher cette charte de celles qui sont publiées ci-
après, sous les nos XXXVIII et XCIX.

7

sub modo et forma quibus cives Tornacenses ponuntur poni debere, et amodo esse ponendos (1).

De chacia (2) vero de qua dicti cives fuerint loquti, in casu predicto, dicta Curia nostra tacet adpresens.

In cujus rei testimonium, presentibus litteris nostrum fecimus apponi sigillum.

Actum Parisius, anno Domini Mº CCº nonagesimo quinto, mense januario.

Sur le repli :) Concordatum per Consilium. Tradatur ville.

Tournai, *Archives communales;* Chartrier, layette de 1295. — Original sur parchemin, autrefois scellé sur double queue.

XXXVII.

Saint-Ay, vendredi 20 avril 1296.

Philippe le Bel mande à Aubert d'Hangest et au bailli de Vermandois, de faire exécuter l'arrêt du parlement de Paris rendu en faveur des Tournaisiens, contre Jacques de Châtillon-Saint-Pol, qui leur déniait injustement le droit de poursuivre les malfaiteurs sur ses terres (3).

Philippus, Dei gratia Francorum rex, dilecto militi nostro Auberto de Hangesto, et ballivo Viromandensi (4), salutem et dilectionem.

Mandamus vobis et vestrum cuilibet, quatenus judicatum Curie nostre, factum pro civibus nostris Tornacensibus, super eorum cachia, contra dilectum et fidelem nostrum Jacobum de Sancto-Paulo, faciatis firmiter observari, dictamque cachiam

---

(1) Cf. Beugnot et Boutaric, *loc. cit.* à propos de la pièce précédente.

(2) Cf. à ce sujet les pièces XXXIII, XXXIV, XXXVII et XLIII.

(3) Cf. les pièces XXXIII et XXXIV ci-avant, et XLIII ci-après.

(4) Gautier Bardin, croit-on, occupait encore cette charge. Cf. H. Bordier, *Philippe de Rémi, sire de Beaumanoir,* pp. 401 et suiv.

garantizetis eisdem, loco nostri, juxta nostrarum tenorem litterarum alias super hoc vobis directarum (1); omne impedimentum, si quod vobis constiterit appositum fuisse, omnino amoventes; taliter vos super hoc habentes, ne per deffectum vestrum cives predictos ad nos oporteat propter hoc habere recurssum.

Actum apud Sanctum Agilum (2), die veneris post Jubilate, anno Domini M° ducentesimo nonagesimo sexto.

> Tournai, *Archives communales;* Chartrier, layette de 1296. — Deux exemplaires originaux sur parchemin, scellés sur simple queue, en cire blanche.

XXXVIII.

Paris, décembre 1296.

Philippe le Bel ordonne la stricte exécution de l'arrêt du parlement de Paris, portant que l'édit de bannissement promulgué contre les meurtriers des Tournaisiens par les magistrats de Tournai, doit viser les meurtriers des chanoines et des clercs de cette ville comme ceux des autres habitants (5).

Philippus, Dei gratia Francorum rex, universis presentes litteras inspecturis, salutem.

Notum facimus quod cum in ultimo pallamento nostro, auditis decano et capitulo Tornacensibus, de gardia nostra speciali existentibus, ex una parte, et prepositis, et juratis, et aliis rectoribus civitatis Tornacensis, ex altera, per judicium

---

(1) Allusion au mandement du 15 octobre 1295, publié ci-dessus n° XXXIV.

(2) Saint-Ay, Loiret, canton de Meung-sur-Loire. Le séjour du roi à St-Ay le 20 avril 1296, n'est pas mentionné dans l'Itinéraire de Philippe le Bel, publié au t. XXI du *Rec. Hist. de France,* lequel porte seulement : Avril 1296, *apud Magdunum super Ligerim.*

(5) Cf. les pièces XXXVI et XCIX.

nostre Curie ordinatum fuerit et pronunciatum, quod in banno quod dicti cives faciunt singulis annis semel, videlicet quod quicumque interfecerit civem suum, seu filium civis civitatis ejusdem, infra districtum dicte civitatis vel extra, a dicta civitate perpetuo sit bannitus, canonicos et clericos civitatis Tornacensis debere poni, et amodo esse ponendos, prout in litteris nostris super dicto judicio confectis plenius continetur; ex parte ipsorum decani et capituli nobis extitit intimatum, quod dicti cives post predictum judicium, formam dicti banni mutantes in fraudem, de interfectis extra districtum suum in banno suo mentionem facere omiserunt, dicto judicio nostro non parendo; quare petebat procurator dictorum decani et capituli, dictos cives compelli ad parendum dicto judicio et ad illud tenendum et observandum; dictis civibus ex adverso dicentibus per plures rationes se ad hoc non teneri.

Auditis vero hinc inde propositis, per nostram Curiam fuit pronunciatum, et predicti cives ad hoc fuerunt condempnati, quod ipsi dictum bannum faciant secundum formam suprascriptam, ac canonicos et clericos ecclesie et civitatis Tornacensis includant in eodem et de ipsis in dicto banno expressam faciant mentionem (1).

De chacia vero de qua dicti cives loquti fuerunt in casu predicto, Curia nostra predicta tacet ad presens (2).

In cujus rei testimonium, presentibus litteris nostrum fecimus apponi sigillum.

Actum Parisius, anno Domini M° CC° nonagesimo sexto, mense decembri.

Tournai, *Archives communales;* Chartrier, layette de 1296. — Original sur parchemin, scellé sur lacs de soie verte et rouge du grand sceau royal en cire verte.

(1) Au sujet de cet arrêt, cf. BEUGNOT, *Les Olim,* t. II, p. 599, et BOUTARIC, *Actes du Parlement de Paris,* t. Ier, p. 291.

(2) Allusion aux pièces XXXIII, XXXIV, XXXVII et XLIII.

XXXIX.

Paris, 24 janvier 1297 (n. st).

*Philippe le Bel invite les Tournaisiens à fortifier leur ville, et
à en garder les portes de telle façon que le comte de
Flandre et ses adhérents n'y puissent pénétrer, pour le plus
grand dommage du royaume de France (1).*

Philippus, Dei gratia Francorum rex, dilectis et fidelibus
suis scabinis, civibus et communitati Tornacensibus, salutem
et dilectionem.

Dum antique devotionis constantia, quam in vobis, clara
semper exhibitione operum, preteriti temporis recensita
memoria progenitores nostros invenisse testatur, qua etiam erga
nos perseveranter vestra enituit probata fidelitas, nostris obtu-
tibus se presentat, vos ad continuationem concepte de vobis
abolim pure devotionis et fidei solerti studio excitamus, prout
vigens et evidens necessitas id requirit. Verum ad vestram

---

(1) Il y a à Paris, à la Bibliothèque nationale, dans le tome 526
(f° 140) de la Collection Moreau, une copie, faite au siècle dernier
sous la direction du conseiller d'Esnans, d'une traduction française
de la remarquable lettre qui va suivre. Cette traduction, probablement contemporaine de la charte royale, est très curieuse; aussi
aurions-nous désiré la présenter ici en regard du texte latin. Mais la
pièce sur laquelle la copie de la Collection Moreau a été prise ne se
retrouve plus aujourd'hui aux Archives de Tournai; et comme cette
copie est détestable, ne pouvant la collationner, nous avons préféré
renoncer à notre projet, pour ne pas soumettre au lecteur un texte
français difficilement intelligible.

noticiam multorum relatibus jam credimus devenisse qualiter comes Flandrensis, ex concepta diu nequitia, venenum quod in suis visceribus diutius occultarat, de novo Parisius litteris et nunciis evomuit coram multis, seque a subjectione, colligatione, obedientia et redevantia, et aliis oneribus et ligaminibus, quibus nobis ut domino et superiori diversis modis erat astrictus, temeritate propria, in offensam nostri culminis, se absolvens, ligamen fidelitatis quam nobis prestiterat et se promiserat servaturum, contra juramentum proprium veniendo in sui ignominiam nominis, non est veritus dilligare.

Considerantes igitur quantam oneris et ponderis ipsius verba habeant gravitatem, et ad quem finem ejus intentio prottendatur, nobisque evestigio consulere satagentes, dilectionem vestram requirimus et rogamus attente, vobis, sub fidelitate qua nobis tenemini, nichilominus firmiter injungentes, quatenus villam vestram taliter munire et portas diligenter custodire curetis, ne eidem comiti, vel aliis quibuscunque inimicis regni nostri, aut de quibus suspicio possit haberi, propter defectum acurate custodie, aditus pateat vel ingressus, ne perinde periculum proveniat regno nostro, vobisque immineat nocumentum. Super quibus taliter vestra se habeat devotio, quod a nobis magis et magis digne mercamini commendari.

Datum Parisius, die xxiiij° januarii, anno Domini millesimo ducentesimo nonagesimo sexto.

Tournai, *Archives communalés*; Chartrier, layette de 1296 (1). — Original sur parchemin, jadis scellé sur simple queue.

---

(1) La dernière note de la charte publiée ci-dessus n° VIII s'applique aussi à la présente lettre.

XL.

Paris, février 1297 (n. st.)

*Philippe le Bel publie le résultat d'une enquête ordonnée par
le parlement de Paris, et d'où il ressort clairement que
c'est un usage constant à Tournai, que les débiteurs
insolvables sont remis entre les mains de leurs créanciers,
mais que ceux-ci leur doivent les aliments* (1).

Phelippes, par la grace de Dieu roy de France, à tous ceulz
qui cez présentes lettres verront, salut.

Savoir faisons que comme les prévostz et jurés de Tournai
eussent proposé en nostre court, contre Jaquemart (2) Le
Bouchier, que il est acoustumé en la ville de Tournai que
quant aucuns debteurs sont prins pour debtes, ilz sont balliés
en warde aux créditeurs jusques ad plaine sattisfaction des
dictes debtes, ne pour le cession de leurs biens ilz ne sont
délivrés; toutes voies les créditeurs sont tenus de pourvéir à
leurs debteurs de vivres et aultres choses selon le coustume
dudit lieu, se les dis debteurs n'ont de quoy ilz se puissent
pourvéir; Veue l'enqueste sur ce faite, il a esté prouvé et
trouvé ledicte coustume estre souffissamment prouvée.

---

(1) Le texte latin de cette charte est publié dans les *Ordonnances des
rois de France*, t. XI, p. 589; et son dispositif se retrouve dans la *Restitution d'un volume des Olim*, insérée par M. Léopold Delisle dans les
Actes du Parlement de Paris de BOUTARIC (t. Ier, p. 458). L'original
scellé de ce texte latin se trouve aux Archives communales de Tournai (Chartrier, layette de 1296).

(2) Le texte latin porte *Jacobum*.

En tesmoing de ce nous avons fait mettre à cez présentes lettres nostre seel.

Donné à Paris, l'an de Nostre Seigneur mil ij^e iiij^{xx} et six (1), ou mois de février.

Tournai, *Archives communales;* Registre 39^b, f° 109^b. — Copie du XIVe siècle.

XLI.

Chailly, 20 mars 1297 (n. st.).

Philippe le Bel autorise les Tournaisiens à user de représailles à l'égard des Flamands qui leur enlèvent leurs blés, leurs bestiaux, leurs vins, etc. etc.

Philippus, Dei gratia Francorum rex, universis presentes litteras inspecturis, salutem.

Cum, sicut ex quorumdam civium et habitatorum civitatis et suburbii Tornacensis insinuatione accepimus, nonnulli Flandrenses ad turbationem quietis nostrorum fidelium aspirantes, pecora, blada, vina, victualia et multa alia bona sua rapuerint, abstulerint et asportaverint violenter; propter quod, dicti cives et habitatores nobis cum instantia supplicarunt, ut eis consimilia faciendi licentiam concedere dignaremur, ne dicti Flandrenses, securiores in suis maleficiis, in vitium talia committendi licentius probabantur (sic);

Nos, eorum supplicationibus annuentes, volumus omnibus esse notum, quod dictis civibus et habitatoribus capiendi, detinendi et arrestandi quecumque bona inimicorum nostro-

---

(1) Il y a ici une erreur manifeste, et au lieu de *six*, il faut lire *seze*. Le texte latin dit *nonagesimo sexto*.

rum Flandrensium, ubi et quando, ac quotiens ipsis videbitur expedire, licentiam plenam concedimus per presentes.

Actum apud Chailly (1), xxᵃ die martii, anno Domini millesimo CC° nonagesimo sexto.

Paris, *Bibliothèque nationale;* Collection Moreau, t. DXXVI, fᵒ 148. — Copie du XVIIIᵉ siècle d'après un original qui aujourd'hui ne se retrouve plus aux Archives communales de Tournai.

XLII.

Paris, 29 avril 1297.

Philippe le Bel autorise les magistrats communaux de Tournai à percevoir, pendant un nouveau terme de cinq années, à compter de 1300, l'impôt qu'ils ont été autorisés à lever pour payer les frais de la fortification de leur ville.

Philippus, Dei gratia Francorum rex, omnibus hec visuris, salutem.

Querimoniam prepositi et juratorum civitatis seu ville de Tornaco intelleximus, continentem quod, cum communitas seu universitas ville predicte, diversis magnis debitis, ob repparationem et firmitatem dicte ville, sint quamplurimum aggravati, et ob hoc nobis humiliter supplicassent, ut ad hoc quod de dictis debitis acquittare se possent commode, eisdem gratiam aliquam concedere dignaremur;

Nos eorum supplicationibus annuentes, volumus, et eis ex gratia concedimus, quod illam assisiam, modo et forma quibus

---

(1) Chailly, Seine-et-Marne, cᵒⁿ de Melun. — Il y a aux Archives communales de Courtrai une lettre de Philippe le Bel, également du 20 mars 1297 (n. st.), mais datée de Paris. Cf. MUSSELY, *Inventaire des Archives de Courtrai,* I, 84.

percipere et levare ex nostra gratia alias sibi facta inceperunt, levent et percipiant, per quinquennium, a fine termini contenti in aliis nostris litteris eisdem a nobis sub simili gratia ultimo concessis (1).

Actum Parisius, die xxix^a aprilis, anno Domini M° CC° nonagesimo septimo.

Tournai, *Archives communales*; Registre 6, f° 132^b. — Copie du XIVe siècle.

XLIII.

Avril 1297.

Philippe le Bel vidime et ratifie l'acte d'avril 1297, en vertu duquel Jacques de Châtillon-Saint-Pol a confirmé les Tournaisiens dans leur droit de poursuite des malfaiteurs sur ses terres de Brabant.

Philippus, Dei gratia Francorum rex, universis presentes litteras inspecturis, salutem.

Noveritis nos litteras cari et fidelis nostri Jacobi dicti de Chastellon, militis, domini de Luthosa et de Condato, vidisse in hec verba :

« Nous Jakes de Chastellon, sires de Leuze et de Condet » etc.

(Suit le texte des lettres « doupées l'an de grâce mil deus cens quatre vins et dis siet, el mois d'avril », par lesquelles Jacques de Châtillon a maintenu les Tournaisiens dans le droit

_____

(1) Allusion à la charte du 6 juillet 1295, publiée ci-dessus, n° XXXII.

de *cache* qu'ils ont dans toute sa terre de Brabant (1), sauf à Leuze, à Escanaffles, au Breucq, et dans une partie de Condé).

Ut autem omnia et singula que in suprascriptis litteris continentur, perpetue firmitatis robur obtineant, nos predictas litteras, ac ea omnia et singula in litteris ipsis contenta, laudamus et approbamus, necnon auctoritate regia confirmamus, salvo jure nostro et jure quolibet alieno

In cujus rei testimonium, presentem paginam sigilli nostri munimine fecimus roborari.

Datum anno Domini millesimo ducentesimo nonagesimo septimo, mense aprili (2).

Tournai, *Archives communales;* Chartrier, layette de 1297. — Original sur parchemin, scellé sur lacs de soie verte et rouge du grand sceau royal en cire verte.

---

(1) Tout le pays qui borde la rive droite de l'Escaut, depuis l'embouchure de la Haine à Condé jusqu'à celle du Rosne, à Escanaffles, faisait partie du *Pagus Bracbatensis.* La majeure partie de ce pays appartenait aux seigneurs de la maison de Châtillon-Saint-Pol. Ils l'avaient héritée des seigneurs d'Avesnes, et ne la relevaient des comtes de Hainaut qu'avec une répugnance qui se manifestait en toute occasion. Leuze, Escanaffles et Condé étaient les localités les plus importantes de cette partie du *Pagus Bracbatensis* appartenant aux Châtillon-Saint-Pol; mais Condé, qui s'étend sur les deux rives de l'Escaut, ne leur appartenait qu'en partie, et la portion de cette ville située sur la rive gauche du fleuve échappait à leur domination. Le Breucq est un hameau de la commune actuelle de Forest (Province de Hainaut, arr^t de Tournai, c^{on} de Frasnes).

(2) Il faut rapprocher de cette charte le document publié par M. L. DEVILLERS dans les *Monuments pour servir à l'histoire des provinces de Namur, de Hainaut et de Luxembourg.* t. III, p. 297, et les actes publiés ci-dessus, n°s XXXIII, XXXIV et XXXVII.

XLIV.

Juin 1297.

Philippe le Bel prend sous sa protection la demoiselle Marie de Mortagne, châtelaine de Tournai, et déclare qu'à l'avenir elle tiendra de lui tout ce qu'elle relevait antérieurement en fief du comte de Flandre, en Flandre.

Données [l'an de] grâce mil deus cens quatre vins et dis et sept, ou mois de juing (1).

Lille, *Archives du Nord;* B. 1563, f⁰ 13ᵇ. — Copie du XIVᵉ siècle.

XLV.

Au siège de Lille, août 1297.

Philippe le Bel donne à la commune de Tournai une maison rue Saint-Martin, et une rente de 6 livres 15 sous établie sur la maison de Gilles Le Hestre, rue du Fossé; cette rente et cette maison avaient été confisquées sur Jean de Menin, qui avait embrassé la cause des ennemis du roi.

Philippus, Dei gratia Francorum rex.

Notum facimus universis, tam presentibus quam futuris, quod fidelis devotionis quam dilecti nostri prepositi, jurati et communitas ville Tornacensis benivolis affectibus ad nos gerunt, constantiam attendentes, eisdem sex libras et quindecim solidos annui redditus, super domum Egidii Le Hestre, sitam in buto vici de Fossato, ac unam domum sitam in vico Sancti-Martini, juxta portam, que magister Johannes de Menin

---

(1) Cette charte a été publiée par nous dans l'article intitulé *L'annexion de Mortagne à la France en 1314,* inséré dans la Revue des questions historiques (n° de janvier 1893).

tenere solebat et habebat apud Tornacum, et que ad nos in commissum, propter ipsius magistri nostris et regni ac status Francie inimicis adherentis delictum notorium, devenisse noscuntur, tenore presentium concedimus et donamus, ab ipsis et successoribus suis tenendas de nobis et successoribus nostris Francorum regibus, et ad consueta deveria possidendas, salvo in aliis jure nostro et quolibet alieno.

Quod ut ratum et stabile permaneat in futurum, presentes litteras sigilli nostri fecimus appensione muniri.

Actum in obsidione Insule, anno Domini millesimo ducentesimo nonagesimo septimo, mense augusto.

Sur le repli :) G. de Rivo.

Tournai, *Archives communales;* Chartrier, layette de 1297. — Original sur parchemin, scellé sur lacs de soie verte et rouge du grand sceau royal en cire verte.

XLVI.

Paris, 4 septembre 1298.

Philippe le Bel mande au comte de Hainaut de relâcher le Tournaisien Gilbert de Gages, détenu pour avoir refusé d'aller forjurer un de ses cousins dans le comté de Hainaut.

Philippus, Dei gratia Francorum rex, dilecto et fideli suo comiti Haynonie (1), salutem et dilectionem.

Ad nostram nuper venit notitiam quod vos Gilbertum de Gages, civem Tornacensem, pro eo quod, ad vocationem vestram, pro forjurando (2) quodam suo consanguineo qui in

---

(1) Jean d'Avesnes.

(2) En vertu des coutumes du Hainaut, quand un homme en tuait un autre, les parents du meurtrier devaient le forjurer, c'est-à-dire le renier comme membre de leur famille, et renoncer à sa succession. Que si lesdits parents refusaient de déclarer qu'ils entendaient n'avoir plus à l'avenir rien de commun avec le coupable, ils étaient regardés comme ses complices.

Imperio dicitur deliquisse, non venerat in Imperium coram vobis, in vestro carcere detinetis, quamquam ad hoc dictus civis noster vobis alias non subjectus nullatenus teneatur.

Mandamus vobis quatenus, si propter hoc tenetis eundem, ipsum absque quovis obstaculo liberetis. Quod si aliam causam rationabilem contra eum habeatis, compareatis coram nobis Parisius, ad dies ballivie Viromandensis (1), causam ostensuri predictam. Et interim nichilominus recredatis eumdem; alioquin per gentes nostras vos ad hoc faciemus compelli.

Actum Parisius, iiij^a die septembris, anno Domini M° CC° nonagesimo octavo.

Tournai, *Archives communales*; Chartrier, layette de 1298. — En vidimus original sur parchemin, scellé sur simple queue en cire verte, daté du vendredi après la Saint-Rémi 1298, et délivré par Bauduin de Malaincourt, sergent royal. .

XLVII.

Paris, mardi 11 novembre 1298.

Philippe le Bel signifie au bailli de Vermandois que les Tournaisiens continuent de ressortir à son bailliage; le bailli s'opposera donc à ce que les gens commis par le roi au gouvernement de la Flandre, s'entremettent dans les affaires des habitants de Tournai.

Philippus, Dei gratia Francorum rex, ballivo Viromandensi (2), vel ejus locum tenenti, salutem.

Cum non sit intentionis nostre quod dilecti et fideles nostri prepositi, jurati et cives Tornacenses, qui per ressortum balli-

---

(1) On sait qu'au parlement de Paris, les jours où devaient se plaider les causes intéressant les habitants de tel ou tel bailliage étaient désignés par avance. Les procès concernant le bailliage de Vermandois étaient appelés au commencement des sessions.

(2) Guillaume d'Hangest (?)

vie Viromandensis justiciari et gubernari consueverunt hucusque, per gentes nostras, quas ad regimen terre Flandrensis nobis acquisite deputavimus, justicientur aut etiam gubernentur;

Mandamus tibi, quatenus prepositos, juratos et cives predictos, aut aliquem ex [eisdem], per gentes nostras ad terre Flandrensis regimen institutas a nobis, quibus eos nolumus subjacere, aut quod eisdem novitas queque fiat, seu prejudicium aliquod in suis privilegiis, franchisiis et consuetudinibus generetur, justiciari seu gubernari permittas.

Actum Parisius, die martis in hyemali festo beati Martini, anno Domini M° CC° nonagesimo VIII°.

> Tournai, *Archives communales;* Chartrier, layette de 1312 (1). — En vidimus original sur parchemin, scellé sur double queue, et délivré par le prévôt de Paris, Jean Ploïebaut, le vendredi après la mi-quarême (30 mars) 1312.

XLVIII.

Paris, lundi 24 novembre 1298.

Philippe le Bel déclare avoir ordonné au bailli de Vermandois de maintenir à Tournai les choses en l'état où il les trouvera, jusqu'à ce que ledit bailli, à ce commis, aura jugé qui, de l'évêque ou des magistrats communaux de Tournai, a droit de justice sur les changeurs et leurs maisons (2).

Philippus, Dei gratia Francorum rex, universis presentes litteras inspecturis, salutem.

Notum facimus, quod cum dilectus et fidelis noster episcopus Tornacensis (3) conquereretur Curie nostre de prepositis et

---

(1) La dernière note de la charte du 18 février 1289, publiée ci-dessus n° VIII, trouve ici son application.

(2) Cf. à ce sujet les pièces publiées ci-après sous les n°ˢ LXII, LXXII et LXXV.

(3) Jean de Vassoigne.

civibus Tornacensibus, super eo quod cum idem episcopus diceret se esse in saisina justicie apud Tornacum, cambii, cambsorum, et domorum suarum, ipsi jurati, dictum episcopum in sua saisina predicta impediunt de novo et molestant; dictis prepositis et civibus hoc negantibus et contrarium asserentibus, predictisque partibus multa alia hinc inde ad predictos fines proponentibus.

Quibus auditis et intellectis, dictum fuit per Curie nostre arrestum, quod locis primitus resaisitis, de bonis et rebus ibi captis debatum in manu nostra capiatur, et teneatur usque ad finem litis; et scribent partes facta sua, et inquiretur veritas super saisina et impedimento predictis cambii, campsorum et domorum eorundem.

Propter quod, damus ballivo nostro Viromandensi (1) tenore presentium in mandatis, ut loca ipsa faciat resaisiri. Quibus resaisitis, debatum capiat in manu sua, tanquam superiori, prout superius est expressum.

Actum Parisius, die lune post festum beati Clementis, anno Domini M° CC° nonagesimo octavo.

Sur le repli :) Per cameram, J. de Vauss.

Tournai, *Archives communales;* Chartrier, layette de 1298. — Original sur parchemin, scellé sur double queue, en cire blanche.

XLIX.

Paris, février 1299 (n. st.).

Philippe le Bel publie un arrêt du parlement de Paris, portant que la coutume du Hainaut qui oblige les parents d'un meurtrier à le forjurer, ne saurait être applicable aux Tournaisiens (2).

Philippus, Dei gratia Francorum rex, universis presentes litteras inspecturis, salutem.

---

(1) C'était alors, croyons-nous, Guillaume d'Hangest.
(2) Cf. à ce sujet la charte du 4 septembre 1298, publiée ci-dessus n° XLVI.

Notum facimus, quod cum ex parte prepositorum et aliorum rectorum communie Tornacensis, nobis fuerit, nomine eorum, ac suorum concivium, et dicte communie, conquerendo monstratum, quod dilectus et fidelis noster comes Haynonie (1), Gilebertum de Gages, eorum concivem Tornacensem, minus juste ceperat et arrestaverat, et captum et arrestatum tenuerat, et postea ipsum recrediderat sub certa pena; peterentque dicti prepositi, jurati, cives et rectores, nomine quo supra, recredentiam ipsius Gyleberti verti in liberationem ipsius, et dictas captionem et arrestationem emendari;

Ex parte ipsius comitis fuit propositum coram nobis talem in suo comitatu Haynonie consuetudinem vigere, videlicet: quod quotienscumque aliquis in suo comitatu predicto perpetrat homicidium, omnes et singuli de parentela ipsius homicide, infra annum a tempore perpetrati homicidii, tenentur in curia predicti comitis comparere, abjuraturi homicidam predictum; et si quis de parentela homicide predicti hoc facere omiserit, reus et culpabilis dicti homicidii reputatur, et punitur tanquam homicida si ibi postea reperiatur. Et cum quidam consanguineus dicti Gileberti in dicto comitatu homicidium perpetrasset, et idem Gylebertus non venisset abjuraturus, juxta dictam consuetudinem, dictum homicidam, ideo dictus comes dictum Gylebertum in suo comitatu postea repertum ceperat et arrestaverat, et eum retinuerat, et post hec recrediderat, ut dictum est.

Dictis prepositis, juratis et civibus nostris, nomine quo supra, ex adverso dicentibus se in nullo esse justiciabiles dicti comitis, et per plures rationes proponentibus se ad observationem dicte consuetudinis non teneri.

Tandem, auditis hinc et inde propositis, pronunciatum fuit per nostre Curie judicium, dictos prepositos et juratos, cives et rectores, et eorum subditos, non teneri ad dictam consuetu-

---

(1) Jean d'Avesnes.

8

dinem observandam, nec in penam predictam, si dictam consuetudinem non observaverint, incidere debere. Et fuit eis expresse inhibitum, ne dicto comiti super hoc obedirent. Et dicta recredentia a dicto comite recepta pro ipso Gyleberto, per idem judicium adnichilata fuit, ac in puram liberationem conversa et redacta.

In cujus rei testimonium, presentibus litteris nostrum fecimus apponi sigillum.

Actum Parisius, in Parlamento nostro, anno Domini millesimo ducentesimo nonagesimo octavo, mense februario (1).

Sur le repli :) Extractum per me, Bituris, de libro arrestorum. Bituris (2).

> Tournai, *Archives communales;* Chartrier, layette de 1298. — Original sur parchemin, scellé sur lacs de soie verte et rouge du grand sceau royal en cire verte.

L.

Paris, mercredi 11 février 1299 (n. st.).

Philippe le Bel mande au bailli de Vermandois de faire exécuter l'arrêt du parlement prescrivant au comte de Hainaut de relâcher le Tournaisien Gilbert de Gages, injustement détenu en Hainaut pour avoir refusé de forjurer un de ses cousins accusé d'homicide.

Philippus, Dei gratia Francorum rex, ballivo Viromandensi (3), vel ejus locum tenenti, salutem.

Mandamus tibi, quatinus judicatum Curie nostre (4) latum inter dilectum et fidelem nostrum comitem Haynonie (5), ex

---

(1) La substance de l'arrêt visé dans cette charte se trouve dans BEUGNOT, *Les Olim,* t. II, p. 428.

(2) Les mêmes indications se retrouvent *sous* le repli.

(3) Guillaume d'Hangest (?)

(4) Allusion à l'acte précédent, n° XLIX.

(5) Jean d'Avesnes.

parte una, et dilectos nostros prepositos, juratos et cives
Tornacenses et eorum subditos, ex altera, occasione Giliberti
de Gages, civis Tornacensis, quem idem comes ceperat, et
arrestaverat, et captum tenuerat in districtu suo, pro eo quod
non comparuerat coram eo, abjuraturus quendam consangui-
neum suum, cui quoddam maleficium fuerat impositum, ad quam
abjurationem idem comes secundum consuetudinem comitatus
Haynonie eundem Gilibertum dicebat teneri, prout in dicto
judicato contineri videbis, facias ubi et quando expedire videris
et requisitus fueris, debite executioni mandari.

Actum Parisius, die mercurii post octabas festi Candelose,
anno Domini M° CC° nonagesimo octavo.

Tournai, *Archives communales;* Registre 6 f° 131ᵇ.
— Copie du XIVᵉ siècle.

LI.

Paris, jeudi 28 janvier 1300 (n. st.).

*Philippe le Bel mande au bailli de Vermandois d'interdire
aux sergents royaux de la prévôté de Saint-Quentin
d'exercer leur office de sergenterie dans le territoire soumis
à la juridiction de la commune de Tournai.*

Philippus, Dei gratia Francorum rex, ballivo Viromandensi (1), salutem.

Querimoniam prepositorum et juratorum ville Tornacensis
recepimus, continentem quod, licet tam interdum auctoritate
litterarum nostrarum quam de nostro speciali mandato, prout
asserunt prepositi et jurati predicti, servientibus nostris pre-
positure Sancti-Quintini pluries inhibueris, firmiter et expresse,
ne in villa Tornacensi predicta et ejus districtu, in quibus
prepositi et jurati predicti omnimodam justiciam asserunt se
habere, sergientandi officium exercere, aut dictos prepositos
et juratos super sua justicia impedire, vel indebite perturbari
presumant; nihilominus servientes predicti, inhibitioni hujus-

_____

(1) Guillaume d'Hangest.

modi non parentes, eosdem prepositos et juratos super sua justicia minus juste molestant, et multipliciter inquietant, presertim in casibus ad eorum officium nullo modo spectantibus, et de quibus etiam se non possunt intromittere quoquomodo.

Quare, sicut alias, iterato tibi districte mandamus, quatenus servientes hujusmodi a premissis ita desistere et supersedere compellas, si premissa auctoritate nitantur, quod... non oporteat,... negligentiam vel defectum, aliud remedium adhiberi; dictos prepositos et juratos debito et consueto suo jurisdictionis officio pacifice gaudere permittens.

Actum Parisius, die jovis ante festum Candelose, anno Domini millesimo ducentesimo nonagesimo nono (1).

> Paris, *Bibliothèque nationale*; Collection Moreau, t. DXXVI, fº 176. — Copie du XVIIIᵉ siècle d'après un vidimus du prévôt de Paris, daté du vendredi avant la Chandeleur 1300 (n. st), conservé autrefois aux Archives communales de Tournai où il ne se retrouve plus maintenant.

LII.

Vincennes, vendredi 20 juillet 1302.

Philippe le Bel charge l'évêque de Tournai (2) de faire publier partout, dans son diocèse, que le passage doit être entièrement libre pour tous les approvisionnements destinés à l'armée de Flandre (3).

Donné à Vincennes, le vendredi devant la Magdelaine [1302].

> Paris, *Archives nationales*; JJ. 35, fº vjᵇ, et JJ. 36, fº 6. — Copies du XIVᵉ siècle.

---

(1) La copie de la Collection Moreau sur laquelle nous avons pris cette charte, est des plus mauvaises; ainsi s'expliquent les lacunes et les fautes que présente notre document.

(2) Guy de Boulogne, évêque de Tournai de 1301 à 1324.

(3) Cette lettre est une circulaire; elle fut adressée, *mutatis mutandis*, à divers autres personnages, au prévôt de Paris notamment.

LIII.

Saint-Germain-en-Laye, 5 août 1302.

Philippe le Bel annonce aux Tournaisiens qu'il se dispose à partir pour Arras, afin de leur porter secours. Il les invite, en attendant, à se défendre vigoureusement contre les Flamands, si besoin est.

Phelippes, par la grâce de Dieu roy de France, [à noz chiers et amez les prévoz et les jurez de la vile de Tornai] (1), salut et amour.

Comme nous aions entendu que vous, par les anemis de nous et de nostre royaume, yestes plus forment aprochiez que vous ne soulez et que nous n'entendons, savoir vous faisons que nous, à grant poveir de ban et de arrière-ban, en nostre propre personne serons à l'uittiève de la mi-aoust (2) à Arraz, pour aler outre à nostre grant efforz, sans délay, à vostre secors, et à vostre délivrance, et à la destruction de noz anemis. Si vous prions et requérons, sus l'amour que vous avez à nous et audit royaume, que vous si vigereusement et loiaument vous maintenez en gardant ce que nous avons commis en vostre garde, que dommage ne empeschement ne doie venir par deffaut de garde en nostre fait.

Donné à Saint-Germain-en-Laie, vᵉ die augusti [1302].

Paris, *Archives nationales;* JJ. 35, f° v et JJ. 36, f° 5. — Copies du XIVᵉ siècle.

---

(1) Cette lettre est une circulaire, qui fut également adressée aux villes de Lille, de Douai et de Saint-Omer, ainsi qu'au comte de Sancerre Étienne II.

(2) Le mercredi 22.

LIV.

Neufmarché, samedi 1er décembre 1302.

*Philippe le Bel promet aux Tournaisiens qu'il reconnaîtra
par ses faveurs, en temps opportun, leur dévouement à la
couronne de France.*

Philippus, Dei gratia Francorum rex, dilectis et fidelibus
nostris preposito, juratis, ac universo communi civitatis nostre
Tornacensis, salutem et dilectionem.

Noveritis quod nos, labores varios ex nostrorum vobis
inimicorum protervia crebrius ministratos, dampnaque et gravamina que, pro nostro adversus inimicos nostros fideli certa-
mine, non minus prompte quam gratenter sustinetis, jugi
meditatione pensantes, vobis in tantis laboribus, dampnis et
gravaminibus pie compatimur; et pro hiis, nos, erga vos, in
bone voluntatis nostre gratia liberaliter proponimus gerere
fidelitatem vestram, oportunis temporibus, favoribus regiis
attollendo.

Actum apud Novum Mercatum (1), sabbato post festum beati
Andree apostoli, anno Domini Mo CCCo secundo.

> Tournai, *Archives communales;* Chartrier, layette
> de 1302. — Original sur parchemin, scellé sur
> simple queue, en cire blanche.

LV.

Paris, 28 février 1303. (n. st.).

*Philippe le Bel annule la défense par lui faite aux magis-
trats de Tournai, de gracier sans sa permission les gens
de leur ville condamnés au bannissement pour des motifs
intéressant le roi.*

Philippus, Dei gratia Francorum rex, fidelibus et dilectis
nostris prepositis et juratis civitatis nostre Tornacensis,
salutem et dilectionem.

Cum vobis dudum prohibuissemus, ne aliquos a vobis

---

(1) Neufmarché, Seine inférieure, canton de Gournay.

bannitos in casu nos tangente revocaretis, absque nostra licencia
speciali, nosque prohibitionis hujusmodi effectum suspendi
quamdiu nobis placuerit ex causa velimus, placet nobis, et
presentium tenore vobis concedimus, ut quoscumque per vos
bannitos, quotiens nobis expedire videbitur, nostra irrequi-
sita licencia, revocare, sicut ante prohibitionem predictam,
possitis, donec de eadem prohibitione observanda forsitan aliud
vobis dederimus in mandatis.

Actum Parisius, die jovis post Brandones, anno Domini
millesimo trecentesimo secundo.

Paris, Bibliothèque nationale ; Collection Moreau,
t. DXXVI, fo 180. — Copie du XVIIIe siècle d'après
un original qui aujourd'hui ne se retrouve plus aux
Archives communales de Tournai.

LVI.

Château-Thierry, jeudi 3 octobre 1303.

*Philippe le Bel prie les Tournaisiens de venir en aide au
maréchal Foucaud de Merle, chargé de solder les troupes
françaises cantonnées en Tournaisis. Il rend grâces aux
gens de Tournai pour leur fidélité à la France, et leur
promet sa bienveillance et celle des rois ses successeurs.*

Phelippes, par la grace Dieu rois de France, à noz chiers et
amez les prévoz et les jurez de la vile de Tornai, salut et
amour.

Nous avons plainement esprouvé et esprouvons chascun
jour, par dit et par euvre, la grant dévotion, la grant loiauté
et la grant pourvéance de vous et de noz autres amez et féaux
de vostre commune, et les granz périeulz, dommages et
travalz que vous et il avez paciemment soufferz et receuz, pour
le honeur de nous et dou roiaume pourchacier et garder enté-
rignement, de quoi nous nous tenons moult pour paiez, et
devons et entendons estre à touz jourz plus favorables et
plus gracieus à vous, à ladite vile et à touz les habitanz
d'icele; et quant à ce nous tenons pour redevables à vous et à
eus, et nostre successeur le devront estre après nous.

Et car la bone et longue persévérance confirme la bone
volenté deu commencement, et nous aions envoié à Tornay
nostre amé et féel F[oucaud] dou Merle, (1) mareschal de
France, et aucuns autres, pour faire finances à noz soudoiers
de Tornai et autres, de ce en quoi nous leur sommes tenuz
pour le fait de nostre guerre, nous vous requérons et prions
très affectueusement, que selon ce que lidiz mareschauz et nos
autres genz vous requerront de par nous, vous weilliez mettre
conseil et aide avec eus à ce que il puissent finer ausdiz
soudoiers de ce que il doivent en la vile, en manière que il
s'en puissent départir tost; car la demeure nous seroit dama-
geuse. Et quant à ladite finance, nous garderons vous et ladite
vile de touz damages, en manière que vous en tenrois pour
paié, et acomplirons et parferons tout ce que lidiz mareschaux
prometra et ordenera avec vous sur ce.

Donné à Chasteau-Thierri, le tierz jour de octouvre, l'an de
grace mil trois cenz et trois.

Tournai, *Archives communales*; Chartrier, layette
de 1303. — Original sur parchemin, scellé sur
simple queue, en cire blanche.

LVII.

Chauconin, mardi 8 octobre 1303.

*Philippe le Bel promet aux Tournaisiens de les indemniser des
pertes qu'ils ont subies, pour son service, pendant les
guerres de Flandre, dès que l'enquête sur ces pertes,
confiée au maréchal Foucaud de Merle et au bailli de
Vermandois, aura été terminée.*

Philippus, Dei gratia Francorum rex, dilectis et fidelibus
nostris prepositis, et juratis, ac communitati Tornacensi,
salutem et dilectionem.

---

(1) Foucaud, ou Foulques, seigneur de Merle, fut, selon toute
apparence, nommé maréchal de France en même temps que Miles
de Noyers, et après la mort de Guy de Clermont-Nesle et de Simon
de Melun, tués tous deux à la bataille de Courtrai, en juillet 1302.

Cum nos, attendentes dampna et deperdita que inimici nostri, occasione guerre nostre Flandrensis, vobis intulerunt, mandemus per alias litteras nostras dilecto et fideli Fulcaudo de Merula, militi nostro, marescallo Francie, et ballivo Viromandensi, (1) ut de dampnis et deperditis predictis, [omni]bus et singulis, vobis, et tam majoribus, quam minoribus, quam aliis de communitate predicta, qualitercunque illatis per inimicos nostros, occasione guerre predicte, et de circonstanciis universis inquirant cum diligentia veritatem, et inquestam quam super hiis fecerint sub sigillis suis clausam nobis quamcitius remittant, prout in nostris inde confectis litteris videbitis contineri.

Significamus vobis quod, facta inquesta predicta, et nobis reportata, de dampnis et deperditis que, occasione [guerre] predicte, per inimicos nostros vobis illata fuisse constiterit, talem vobis satisfactionem faciemus impendi quod de hiis rationabiliter debebitis esse contenti.

Actum apud Chauconin (2) prope Meldos, die martis ante festum beati Dyonisii, anno Domini M° CCC° tertio.

Tournai, *Archives communales;* Chartrier, layette de 1303. — Original sur parchemin, scellé sur simple queue, en cire blanche.

LVIII.

Paris, jeudi 24 octobre 1303.

Philippe le Bel mande au maréchal Foucaud de Merle et au bailli de Vermandois de hâter l'enquête qu'ils sont chargés de faire, relativement aux pertes subies par les Tournaisiens pendant les guerres de Flandre (3).

Philippus, Dei gratia Francorum rex dilecto et fideli Ful-

---

(1) Jean de Waissy (?)

(2) Chauconin, Seine-et-Marne, arrondissement et canton de Meaux.

(3) Cette charte est à rapprocher de la précédente, n° LVII.

coni de Merula, militi nostro, marescallo Francie, et ballivo Viromandensi (1), salutem et dilectionem.

Mandamus vobis quatinus, in negotio quod nuper vobis, per nostras alias litteras, commisimus, pro inquirendo de dampnis dilectis et fidelibus nostris prepositis et juratis communie Tornacensis, et personis singulis de dicta communia, per inimicos nostros, occasione guerre nostre Flandrensis, illatis, et de ipsorum dampnorum quantitate, per vos vel per alios ydoneos quibus fides debeat adhiberi, juxta priorum continentiam litterarum, celeriter procedatis.

Actum Parisius, die jovis post festum beati Luce evangeliste, anno Domini M° CCC° tertio.

Tournai, Archives communales; Chartrier, layette de 1303. — Original sur parchemin, scellé sur simple queue, en cire blanche.

LIX.

Poitiers, lundi 2 décembre 1303.

Philippe le Bel prescrit à Pierre de Bourges, sous-chantre d'Orléans, de remettre à Jacques de Tournay, clerc de la ville de Tournai, une copie de l'arrêt rendu par le parlement de Paris, dans la cause pendante entre le comte de Hainaut et les Tournaisiens, au sujet des abjurations.

Philippus, Dei gratia Francorum rex, dilecto magistro P[etro] de Bituris, (2) clerico nostro, succentori Aurelianensi, salutem et dilectionem.

Madamus vobis quatinus magistro Jacobo de Tornaco, ville Tornacensis clerico, copiam judicati in Curia nostra facti inter

---

(1) Jean de Waissy (?)

(2) Pierre de Bourges, dont le nom se rencontre si fréquemment sur les actes du temps de Philippe le Bel, remplissait les fonctions de greffier au parlement de Paris.

comitem Hanonie, ex una parte, et burgenses Tornacenses, ex altera, super adjurationibus faciendis (1), sub signo nostrorum camere placitorum, tradatis, id nullatenus omittentes.

Datum Pictavis, die lune post festum beati Andree apostoli, anno Domini M° CCC° tertio.

> Tournai, *Archives communales;* Chartrier, layette de 1303 (2). — En vidimus original sur parchemin, jadis scellé sur double queue, délivré par Pierre Le Jumeau, prévôt de Paris, sous la date du dimanche après la Sainte-Luce (16 décembre) 1303.

LX.

Civray, vendredi 6 décembre 1303.

Philippe le Bel mande au bailli de Vermandois de rappeler la comtesse de Hainaut au respect des conventions faites entre le comte son mari et le roi de France, pour le libre commerce des Tournaisiens en Hainaut; il l'invite en même temps à faire exécuter par la comtesse l'arrêt du parlement de Paris déclarant que les gens de Tournai n'ont pas à faire d'abjurations en Hainaut.

Philippus, Dei gratia Francorum rex, baillivo Viromendensi (3), vel ejus locum tenenti, salutem.

Cum nos, dilecte et fideli nostre comitisse Hanonye (4), per

---

(1) Allusion à l'arrêt de février 1299, publié ci-dessus n° XLIX. Nous avons indiqué que, sur le repli de la notification de cet arrêt conservée aux Archives communales de Tournai, on lit « Extractum per me, Bituris, de libro arrestorum ». Le mandement du 2 décembre 1303 fournit la date approximative de cet *Extractum,* qui ne fut délivré à la ville de Tournai que près de cinq années après le prononcé de l'arrêt.

(2) La dernière note de la charte du 18 février 1289, publiée ci-dessus n° VIII, s'applique au présent mandement.

(3) Jean de Waissy (?)

(4) Philippine de Luxembourg, femme de Jean d'Avesnes.

nostras litteras mandaverimus ut quandam summam florino-
rum auri et turonensium grossorum, et aliarum monetarum,
et quantitatem argenti in massa, quas super nonnullos cives
nostros Tournacenses dicitur arrestasse, necnon quedam blada
et alia victualia extra terram et comitatum Hanonye empta, et
per dictam comitissam similiter super omnes predictos arrestata, econtra conventiones inter nos et dilectum et fidelem
nostrum Johannem, comitem Hanonie, maritum suum, initas,
celeriter restitui faciat civibus supradictis; quodque desistat
omnino compellere cives predicte ville de Tournaco ad faciendum abjurationes, aut eundum in Hanoniam pro dictis abjurationibus faciendis. Cum ipsa, ut asserunt prepositi et jurati
Tournacenses, Jacobum Tiebegot, et quosdam alios cives Tournacenses, ad faciendum abjurationem cujusdam amici sui
injuste compellere nitatur, et contra formam cujusdam judicati
seu arresti, in Curia nostra, super dictis abjurationibus (1) non
faciendis, lati pro ipsis, contra comitem supradictum.

Mandamus vobis et precipimus quatenus dicte comitisse
nostras litteras presentetis, et eam requiratis ex parte nostra
quod ipsa dictos florinos, grossos turonenses, monetam aliam
et massam argenti, necnon blada et alia victualia, ut premitti-
tur, arrestata, ipsis restituat, ipsosque de cetero, juxta conventiones inter nos et ipsum comitem initas, consimilia per terram
suam libere portare et ducere permittat, et a compellendo
eosdem super predictis abjurationibus, contra formam dicti
judicati seu arresti, omnino desistat. Quod si forte facere
noluerit, ipsum comitem et ipsam ad premissa facienda ratione
previa compellatis, ipsamque comitissam attentius requirentes
quod eosdem cives in suo comitatu, blada, avenam et alia
victualia emere et Tournaci ducere permittat, cum ipsa gentes-

---

(1) Allusion à l'arrêt de février 1299, publié ci-dessus n° XLIX.

que sue in regno nostro consimilia emendi habeant facultatem.
Ejusque responsionem super premissis nobis rescribatis.

Actum apud Civrayum, (1) die veneris in festo beati
Nicholai, anno Domini millesimo CCC° tertio.

Tournai, *Archives communales;* Chartrier, layette
de 1303 (2). — En vidimus original sur parchemin,
scellé sur double queue, en cire verte, et délivré
par Pierre Le Jumeau, prévôt de Paris, le dimanche
après la Sainte-Luce (15 décembre) 1303.

LXI.

Clermont, dimanche 8 mars 1304 (n. st.)

*Philippe le Bel mande au bailli de Vermandois de faire
révoquer la sentence induement portée contre un Tournaisien par le tribunal de l'abbaye de Saint-Amand-en-
Pévèle, de faire indemniser ce Tournaisien, et de stipuler,
au profit du trésor royal et des magistrats communaux
de Tournai, une amende en compensation de l'excès de
pouvoir commis par le tribunal susdit.*

Philippus, Dei gratia, Francorum rex, ballivo Viromandensi (3), vel ejus locum tenenti, salutem.

Cum dilecti nostri, prepositi et jurati civitatis Tornacensis,
habeant jurisditionem omnimodam in civibus et habitatoribus
civitatis ejusdem, et quoad resortum immediate nobis subsint, et
curia abbatis et conventus monasterii Sancti-Amandi-in-Pabula,
per suorum judicium scabinorum, Andream dictum Le Bouleur,
civem Tornacensem, non vocatum, non confessatum, nec con-

---

(1) Civray, chef-lieu d'arrondissement du département de la
Vienne.

(2) La dernière note de la charte publiée ci-dessus n° VIII,
s'applique également au présent acte.

(3) Jean de Waissy (?)

victum, nec etiam in presenti maleficio repertum, a terra et justicia dictorum abbatis et conventus bannire, ac domum et plura ipsius Andree bona per incendium consumi facere, in nostrum ac dictorum prepositorum et juratorum, nostre etiam ac ipsorum jurisditionis prejudicium et gravamen, curaverit injuste, ut dicitur.

Mandamus vobis quatinus si, vocatis evocandis, vobis constiterit ita esse, bannum revocari predictum, prefatum Andream super predictis dedampnificari, ac nobis et dictis prepositis et juratis, ratione tantorum excessuum, condignam emendam prestari, mediante justicia, faciatis.

Actum apud Clarummontem (1), viiiᵃ die martii, anno Domini M° CCC° tertio.

> Tournai, *Archives communales;* Chartrier, layette de 1304. — En vidimus original scellé sur double queue, en cire brune, du scel du bailliage de Vermandois, daté d'avril 1304 après Pâques, et émanant de Renaus du Çavech, garde du scel de la baillie de Vermandois établi à Saint-Quentin.

LXII

Paris, lundi 20 avril 1304.

Philippe le Bel publie un arrêt du parlement de Paris, qui restitue à l'évêque de Tournai le droit de connaître des causes intéressant les changeurs de Tournai, et annulle les décisions prises par le bailli de Vermandois contre Jean Foulques, accusé d'avoir exercé sans droit à Tournai la profession de changeur.

Philippus, Dei gratia Francorum rex, universis presentes litteras inspecturis, salutem.

Notum facimus, quod super discordia mota inter ballivum

---

(1) D'après l'Itinéraire de Philippe le Bel, inséré dans le tome XXI du *Recueil des Hist. de France,* il s'agit de Clermont-Ferrand.

nostrum Viromandensem (1), ac campsores ville Tornacensis, ex una parte, et Johannem Fulconis, de Tornaco, filium Johannis Fulconis, civis Tornacensis, et eundem Johannem patrem, ex altera, super eo quod dicti campsores dicebant quod. dictus Johannes filius cambium non poterat tenere in villa Tornacensi, cum ipse non esset, ut dicebant, de genere et sanguine campsorum dicte ville; super quo gentes dilecti et fidelis nostri episcopi Tornacensis (2) petebant ipsi episcopo curiam reddi.

. Item, super eo quod dictus ballivus, proponens dictum Johannem filium tenuisse cambium in dicta villa contra prohibitionem Guillelmi de Hangesto (3) et Johannis de Tria (4), quondam ballivorum Viromandensium, predecessorum suorum, certas emendas propter hujusmodi inobediencias ab eodem petebat; et propter hoc super eum in manu nostra ceperat quingentas libras turonensium, quas eidem postmodum recrediderat cum fidejussoria cautione.

Item, super eo quod dictus ballivus, proponens contra dictum Johannem patrem quod ipse, per eum arrestatus et detentus in prisionibus de Tornaco et de Sancto-Quintino, fregerat arrestum et prisionem predictam, certas emendas propter hoc ab eodem petebat.

Item, super eo quod dictus ballivus quamdam aprisiam super

(1) Jean de Waissy (?)

(2) Guy de Boulogne.

(3) Il fut bailli de Vermandois de 1298 à 1301.

(4) Faut-il supposer qu'il a succédé à Guillaume d'Hangest, et qu'il a tenu le bailliage de 1301 à 1303? Ou s'il faut, au contraire, le placer avant Guillaume d'Hangest et après Gautier Bardin, de 1295 à 1298? Aucun autre de nos documents ne fait mention de ce Jean de Trie, que ni COLLIETTE, ni BRUSSEL n'ont fait figurer sur les listes qu'ils ont données des baillis de Vermandois, le premier dans ses *Mémoires pour servir à l'histoire... de la province de Vermandois* (t. II, p. 497), le second dans le *Nouvel examen de l'usage des fiefs*, pp. 486 et 487.

hiis, ut dicebat, factam de mandato dicti Guillelmi, predecessoris sui, et per litteras nostras contra predictos patrem et filium, que aprisia Curie nostre fuit exhibita, videri petebat et judicari; parte adversa econtrario pluribus rationibus proponente quod dicta aprisia nullius erat valoris, nec debebat judicari.

Tandem, auditis super hiis omnibus dicto ballivo nunc Viromandensi et partibus antedictis, per arrestum nostre Curie dictum fuit et pronunciatum quod aprisia predicta et ex causa non judicabitur.

Et super hujusmodi questione cambiandi, reddita fuit curia dicto episcopo Tornacensi; et inhibitum fuit dicto ballivo ne super hujusmodi cognitione dictum episcopum impediat in jure suo.

Et de predictis emendis de quibus dictus ballivus insequebatur predictos patrem et filium, Curia nostra ex causa se abstinuit omnino, et precepit dicto ballivo quod super eis ipsos amplius non molestet.

Et de predictis quingentis libris predicta ratione arrestatis, Curia nostra amovit arrestum hujusmodi et manum nostram per dictum ballivum appositam in eisdem, ac fidejussores datos pro earum recredentia totaliter liberavit.

In cujus rei testimonium, presentibus litteris nostrum fecimus apponi sigillum.

Actum Parisius, die lune ante festum beati Georgii, anno Domini millesimo trecentesimo quarto.

Sur le repli :) Per arrestum Curie. Bituris (1).

Bruxelles, *Archives générales du royaume;* Fonds de l'évêché de Tournai, n° 949. — Original sur parchemin, scellé sur double queue, en cire blanche.

(1) Il faut rapprocher de cette charte l'acte du 24 novembre 1298, publié ci-dessus n° XLVIII, et les chartes des 14 novembre 1306, et janvier 1307 dont nous donnerons le texte ci-après, n°ˢ LXXII et LXXV.

LXIII.

Vincennes, jeudi 23 avril 1304.

*Philippe le Bel mande à Pierre Chofart, chanoine de Péronne,
et au chevalier Gilles d'Haveskerke, de faire une enquête
sur les pertes subies par les gens de Tournai pendant les
guerres de Flandre, celle précédemment prescrite au maréchal Foucaud de Merle n'ayant pas été faite.*

Philippus, Dei gratia Francorum rex, dilectis et fidelibus
nostris, magistro Petro Chofart, clerico, canonico Peronensi,
et Egidio de Haveskerke, militi nostris, salutem et dilectionem.

Cum nos, alias, auditis relationibus verisimiliter fide dingnis,
quod dilecti et fideles nostri prepositi, jurati, communitas
Tornacensis, et singulares persone ejusdem, dampna et deperdita plurima, ratione guerre nostre Flandrensis, sustinuerunt,
F[ulcaudo] de Merula, marescallo Francie, et aliis per diversas
nostras mandavimus litteras (1) inquiri super hoc, et referri
nobis quamcitius veritatem; quod hactenus factum dicitur non
fuisse;

Committimus et mandamus vobis quatinus, vocatis evocandis, de dampnis et deperditis omnibus et singulis que dicti
prepositi, jurati, communitas et persone singulares, occasione
predicta, quomodocunque, per inimicos nostros legitime
sustinuerunt inquiratis, secundum commissioni alias dicto
marescallo et ballivo nostro Viromandensi facte tenorem,
cum qua poteritis diligentia, veritatem, et nobis quamcitius
referatis, vel remittatis sub sigillis vestris inclusam.

Datum Vicennis, die jovis ante festum beati Marci evangi-
liste, anno Domini millesimo CCC° quarto.

> Tournai, *Archives communales*; Chartrier, layette
> de 1304. — Original sur parchemin, scellé sur
> simple queue, en cire blanche.

---

(1) Allusion aux chartes des 8 et 24 octobre 1303, publiées ci-
dessus, n°ˢ LVII et LVIII.

LXIV.

Vincennes, jeudi 11 juin 1304.

Philippe le Bel défend à son bailli de Vermandois de saisir les biens du comte Jean de Hainaut, à l'occasion des gens de Tournai ou autres, sans motifs graves.

Philippus, Dei gratia Francorum rex, ballivo Viromandensi (1), salutem.

Mandamus vobis quatenus dilectum et fidelem nostrum J[ohannem], comitem Haynonie (2), occasione civium nostrorum Tornacensium, vel aliorum quorumcunque, ipsius comitis capiendo bona, vel alia (3), nisi quatenus rationabiliter fuerit faciendum, nullatenus molestetis.

Actum apud Vicenas, in festo beati Barnabe apostoli, anno Domini millesimo CCC° quarto (4).

> Mons, *Archives de l'État;* Trésor des chartes des comtes de Hainaut, Cartulaire des comtes Jean et Guillaume d'Avesnes, f° 106.

---

(1) Jean de Waissy.

(2) Jean d'Avesnes, comte de Hainaut, ne mourut que le 22 août 1304.

(3) Cf. à ce sujet les chartes des 3 février 1293 et 13 août 1311, publiées dans le présent recueil, sous les nᵒˢ XXIII et XCI.

(4) Nous devons la copie de ce mandement à la bienveillance de M. Léopold Devillers, le savant archiviste de l'État à Mons, qui l'avait signalé déjà dans un travail inséré dans les *Bulletins de la Commission royale d'Histoire*, IIIᵉ série, t. XII, pp. 339 et suiv.

LXV.

Paris, vendredi 12 juin 1304.

Philippe le Bel mande au bailli de Vermandois de contraindre le comte de Hainaut à exécuter l'arrêt du parlement de Paris, rendu en faveur des Tournaisiens, dans l'affaire des abjurations en Hainaut.

Philippus, Dei gratia Francorum rex, ballivo Viromandensi (1), salutem.

Mandamus vobis, quatenus dilectum et fidelem nostrum comitem Hanonie (2), cui super hoc pluries scripsisse recolimus, ex parte nostra attentius requiratis, ut ipse judicatum Curie nostre pro dilectis nostris prepositis, et juratis, ac singularibus personis ville Tornacensis, super abjurationibus sub certa dudum forma prolatum (3), juxta sui tenorem, firmiter exequi faciat et servari. Quod si facere noluerit requisitus, ipsum ad id ratione previa compellatis (4).

Actum Parisius, die xiiⁱᵃ junii, anno Domini Mᵒ CCCᵒ quarto.

> Tournai, *Archives communales;* Chartrier, layette de 1304. — Original sur parchemin, scellé sur simple queue, en cire blanche.

---

(1) Jean de Waissy.

(2) Jean d'Avesnes.

(3) Allusion à l'arrêt repris dans les lettres du roi du mois de février 1299, publiées ci-dessus nᵒ XLIX.

(4) Ce mandement est à rapprocher des actes des 4 septembre 1298, 11 février 1299, 2 et 6 décembre 1303, publiés ci-dessus, nᵒˢ XLVI, L, LIX et LX.

LXVI.

Paris, 30 juin 1305.

Philippe le Bel mande au bailli de Vermandois de contraindre le chevalier Jean d'Ere à recevoir l'hommage d'un Tournaisien pour une terre inféodée, s'il est prouvé que cette terre a, comme on l'affirme, toujours été dans les mains de personnes non nobles.

Philippus, Dei gratia Francorum rex, ballivo Viromandensi (1), vel ejus locum tenenti, salutem.

Ex parte Anselmi Godars, civis Tornacensis, accepimus quod, cum ipse, quamdam hereditatem suam feodatam, a Johanne de Era, milite, ut dicitur, moventem, que quidem hereditas a civibus et personis ignobilibus ab antiquo teneri et possideri pacifice consuevit, cuidam civi Tornacensi vendiderit, dictus miles, ipsum emptorem ad homagium suum de dicta hereditate contradicit admittere minus juste.

Quare mandamus vobis quod si, vocatis dicto militi et aliis evocandis, vobis constiterit ita esse, prefato militi precipiatis, ex parte nostra, ut de dicta hereditate predictum emptorem ad suum homagium admittat, recipiendo decimam (?) consuetam. Et si dictus miles ipsum ad hoc admittere contradixerit (?) injuste, super hoc faciatis quod de jure vel patrie consuetudine fuerit faciendum.

Datum Parisius, ultima die junii, anno Domini millesimo trecentesimo quinto.

Paris, *Bibliothèque nationale;* Collection Moreau, t. DXXVI, fo 184. — Copie du XVIIIe siècle, d'après un original qui aujourd'hui ne se retrouve plus aux Archives communales de Tournai.

---

(1) Jean de Waissy.

LXVII.

. , dimanche 8 août 1305.

Philippe le Bel mande au bailli de Vermandois d'agir avec rigueur contre un chevalier nommé Jean de Montigny, qui avait fait pendre un certain Jean de Wattrelos, dans un endroit où les Tournaisiens ont droit de justice haute et basse.

Philippus, Dei gratia Francorum rex, ballivo Viromandensi (1), aut ejus locum tenenti, salutem.

Ex parte prepositorum, juratorum et rectorum civitatis Tornacensis, ad nos gravis querimonia est delata, continens quod citra plancham de Anghi (2), versus Tornacum, ubi dicti Tornacenses asserunt se ab antiquo fuisse et esse in possessione pacifica omnimode alte et basse justicie, Johannes de Montigniaco, miles, associatis sibi nonnullis complicibus, de novo minus juste et in nostri, dictorumque Tornacensium injuriam, prejudicium et gravamen, clam, de nocte, seu circa auroram, furcas erexit, seu erigi fecit, et dictis Tornacensibus ignorantibus, quendam nomine Johannem de Watrelos in dictis furcis ultimo supplicio tradidit; quod contra eorum legem, civitatis Tornacensis consuetudinem, libertates et immunitates, dicti Tornacenses asserunt factum esse.

Quocirca mandamus vobis, quatenus si vobis legitime constiterit de premissis, dictum militem et ejus complices laicos de quibus liquebit, ad jura nostra faciatis vocari, et in predicto excessu, secundum loci consuetudinem procedatis, taliter quod

---

(1) Jean de Waissy.

(2) Elle était située, croyons-nous, sur le grand fossé qui fait aujourd'hui la limite d'entre Melle et Rumillies. Cf. à ce sujet notre Mémoire intitulé *Comment la commune de Tournai s'agrandit aux dépens du comté de Hainaut, à la fin du XIIIe siècle*, et la carte qui accompagne ce Mémoire paru dans le tome XXIII des *Annales du Cercle archéologique de Mons*.

predicti delinquentes predicta commisisse se doleant, et eorum
pena docente ceteri a similibus arceantur.

Actum apud Cameras in Brolio (1), die viii° augusti, anno
Domini M° CCC° quinto.

Tournai, *Archives communales*; Chartrier, layette
de 1305. — Original sur parchemin, scellé sur
simple queue, en cire blanche.

LXVIII.

Loigny, lundi 6 septembre 1305.

*Philippe le Bel mande au bailli de Vermandois de faire une
enquête au sujet du supplice infligé, dans la juridiction des
magistrats communaux de Tournai, à un nommé Jean de
Wattrelos par le chevalier Jean de Montigny. S'il est manifeste que les droits des Tournaisiens ont été violés, le bailli
les rétablira ; s'il y a doute, il citera Jean de Montigny et
les Tournaisiens par-devant le parlement (2).*

Philippus, Dei gratia Francorum rex, ballivo Viromandensi,
vel ejus locum tenenti, salutem.

---

(1) Les auteurs du tome XXI du grand *Recueil des Historiens de
France* n'ont pas identifié ce nom de lieu. Comme on sait qu'en
juillet et août 1305, Philippe le Bel se trouvait dans l'Orléanais, la
Touraine et le Blaisois, *Cameræ in Brolio* doit être cherché dans
ces parages. Nous avions pensé pouvoir traduire ces trois mots par
Chambray, Indre-et-Loire, arrondissement de Tours, canton de
Montbazon. Chambray, dont il faut noter qu'un hameau s'appelle Le
Breuil, n'est pas éloigné de Châtillon-sur-Indre où le roi résida au
mois d'août 1305 ; son identification avec *Cameræ in Brolio* ne nous
paraissait donc pas impossible. Mais notre savant ami M. J. Delaville
Le Roulx, qui connaît si bien tout ce qui concerne la province de
Touraine, nous dit qu'au commencement du XIVᵉ siècle, Chambray
s'appelle en latin *Chamberium, Chambercium* ou *Chambreium*. Dans
ces conditions, nous ne pouvons qu'imiter les auteurs du t. XXI
du *Recueil des Historiens de France*, et faire suivre d'un ? les mots
Cameras in Brolio.

(2) Ce mandement doit être rapproché du précédent (n° LXVII).

Ex parte prepositorum, juratorum et rectorum civitatis Tornacensis, nobis est conquerendo monstratum, quod licet ipsi circa plancam de Angy, versus Tornacum, omnimodam altam et bassam justiciam ab antiquo habeant, sicut dicunt, fuerintque et sint in pacifica possessione ejusdem; nichilominus, Johannes de Montigniaco, miles, cum quibusdam suis complicibus, de nocte, in loco predicto quasdam furcas erigi fecisse dicitur, et in eis quemdam Johannem de Waterlos nomine, ultimo supplicio tradidisse; quod contra eorumdem Tornacensium legem, libertatem et immunitatem, factum esse asserunt, eorumque possessionem et saisinam turbando indebite et de novo.

Quocirca mandamus vobis quatinus, vocatis evocandis, si que contra libertatem et immunitatem dictorum Tornacensium indebite attemptata inveneretis, ea ad statum debitum reducatis. Si vero inter partes super premissis debatum vel dubium oriatur, debato ad manum nostram posito, adjornetis partes ad dies vestre ballivie futuri proximo parlamenti, ad procedendum super hiis prout de jure fuerit procedendum.

Actum apud Loigniacum (1), vi⁸ die septembris, anno Domini millesimo trecentesimo quinto.

Tournai, *Archives communales;* Chartrier, layette de 1305. — Original sur parchemin, scellé sur simple queue, en cire blanche.

---

(1) Il s'agit très probablement de Loigny, Eure-et-Loir, arrondissement de Châteaudun, canton d'Orgères; car, d'après l'Itinéraire de Philippe le Bel, publié au tome XXI du *Recueil des Historiens de France,* le roi, qui se trouvait le 1er septembre à Amboise, et le 2 à Château-Renault, était le 8 du même mois à Breteuil-sur-Iton (Eure).

LXIX.

Vernon, mardi 1er novembre 1306.

Philippe le Bel mande au comte de Hainaut de rétablir les Tournaisiens dans leurs droits de juridiction, violés par le châtelain d'Ath, qui avait supplicié deux hommes aux Follets, sur le territoire de la justice de Tournai.

Philippus, Dei gratia Francorum rex, dilecto et fideli nostro (1) comiti Hanonie, salutem et dilectionem.

Conquesti sunt nobis dilecti nostri prepositi, jurati et communia Tornacensis, quod cum ipsi, soli et in solidum, sint et fuerint a tempore cujus contrarii memoria non existit, in possessione exercendi omnimodam altam et bassam justiciam in loco qui dicitur Foles (2), castellanus vester de At (5) quasdam furcas de Imperio ad dictum locum apportari et ibidem erigi, et ad eas quendam hominem suspendi fecit, et quasdam furcas dictorum conquerentium, que erant erecte prope molendinum Alardi de Mota, in loco in quo ipsi habent omnimodam justiciam, et in ipsius possessione sunt et fuerunt a tempore a quo non extat memoria, diruit et abscidit, duosque homines justiciabiles ipsorum, videlicet Johannem de Riplemont et Johannem de Rumcignies, tonsorem, in locis in quibus ipsi habent omnimodam altam et bassam justiciam, et sunt et

---

(1) Guillaume Ier, le Bon.

(2) Les Follets ou Folays, hameau du village de Ramillies, près de Tournai, sur la rive droite de l'Escaut.

(5) Le châtelain d'Ath (chef-lieu d'arrondissement de la province actuelle de Hainaut) était le représentant du comte de Hainaut dans toute cette partie du comté qui, bordant la rive droite de l'Escaut, s'appelait le *Pagus Brachatensis*.

fuerunt ab antiquo in possessione dictam justiciam exercendi, cepit, extra regnum nostrum ligatos funibus duxit, et de mandato vestro, vobis ratum habentibus, predicta fecit idem castellanus; dictos conquerentes super predictis possessionibus impediens et perturbans indebite et de novo, in nostrum prejudicium et dampnum non modicum conquerentium predictorum, quamquam de prisiis cujusdam hominis capti per ballivum comitis Hanonie, genitoris vestri, quondam, et quorundam culcitre et pannorum, ac rerum aliarum per castellanum ejusdem genitoris vestri de At, captarum in locis sitis ultra loca predicta, magis prope comitatum vestrum, que sunt conditionis locorum predictorum, et in quibus dicti conquerentes asserunt se habere omnimodam altam et bassam justiciam, et in possessione ipsius esse, et ab antiquo fuisse, per arrestum Curie nostre, partibus in Curia nostra auditis, idem genitor, oretenus et per cirotecam, personaliter resaisiverit eosdem conquerentes et loca predicta, ac etiam ipsos sollempniter resaisiverit, prout in litteris inde confectis dicitur plenius contineri (1);

Mandamus vobis quatenus, si est ita, predicta ad statum debitum reduci, locaque predicta et dictos conquerentes de predictis prisiis plenarie resaisiri, et nobis emendam competentem ob predicta, ac dictis conquerentibus, prout rationis fuerit, prestari absque dilatione qualibet faciatis. Scituri quod nisi hoc feceritis, nos, per alias nostras litteras, ballivo Viromandensi mandamus, ut ipse si de premissis sibi legitime constiterit, ad premissa facienda vos compellat previa ratione.

Actum apud Vernonem, die prima novembris, anno Domini M° CCC° sexto.

Tournai, *Archives communales*; Chartrier, layette de 1306. — Original sur parchemin, scellé sur simple queue, en cire blanche.

(1) Cf. à ce sujet les mandements des 22 décembre 1291 et 3 janvier 1293, publiés ci-dessus, n°ˢ XIX et XXIII.

LXX.

Vernon, mardi 1er novembre 1306.

Philippe le Bel mande au bailli de Vermandois de contraindre le comte de Hainaut à faire rétablir les Tournaisiens dans leurs droits de juridiction, violés par le châtelain d'Ath, qui avait supplicié deux hommes aux Follets, sur le territoire de la justice de Tournai (1).

Philippus, Dei gratia Francorum rex, ballivo Viromandensi (2), salutem.

Conquesti sunt nobis dilecti nostri prepositi, jurati et communia Tornacensis, quod cum ipsi, soli et insolidum, sint et fuerint a tempore cujus contrarii memoria non existit, in possessione exercendi omnimodam altam et bassam justitiam in loco qui dicitur Foles, castellanus dilecti et fidelis nostri comitis Hanonie de At quasdam furcas de Imperio ad dictum locum apportari et ibidem erigi et ad eas quendam hominem suspendi fecit, et quasdam furcas dictorum conquerentium, que erant erecte prope molendinum Alardi de Mota, in loco in quo ipsi habent omnimodam justitiam, et in ipsius possessione sunt et fuerunt a tempore a quo non extat memoria, diruit et abscidit, duosque homines justiciabiles ipsorum, videlicet Johannem de Riplemont et Johannem de Rumeignies, tonsorem, in locis in quibus ipsi habent omnimodam justitiam, et sunt et fuerunt ab antiquo in possessione dictam justitiam

---

(1) Cf. la charte qui précède avec les notes y afférentes.
(2) Pierre Le Jumeau (?)

exercendi, cepit, extra regnum nostrum ligatos funibus duxit, de mandato dicti comitis, seu nomine ipsius eo ratum habente, predicta fecit idem castellanus; dictos conquerentes super predictis possessionibus impediens et perturbans indebite et de novo, in nostrum prejudicium et dampnum non modicum conquerentium predictorum, quamquam de prisiis cujusdam hominis per ballivum comitis Hanonie quondam capti, et quorumdam culcitre et pannorum, ac rerum aliarum per castellanum ejusdem comitis quondam de At captarum in locis sitis ultra loca predicta, magis prope comitatum Hanonie, que sunt conditionis locorum predictorum, et in quibus dicti conquerentes se asserunt se habere omnimodam justitiam altam et bassam, et in possessione ipsius esse, et ab antiquo fuisse, per arrestum Curie nostre, partibus in Curia nostra auditis, idem comes quondam, oretenus et per cirotecam, personaliter resaisiverit eosdem conquerentes et loca predicta, ac etiam ipsos sollempniter resaisiverit, prout in litteris inde confectis dicitur plenius contineri.

Cum igitur nos, prefato comiti Hanonie per alias nostras mandemus litteras ut, si est ita, predicta ad statum debitum reduci, locaque predicta et dictos conquerentes de predictis prisiis plenarie resaisiri, ac nobis emendam competentem ob predicta ac dictis conquerentibus, prout rationis fuerit, prestari faciat absque dilatione quacumque; Mandamus tibi quatenus, nisi idem comes predicta diligenter et celeriter fecerit, tu si de premissis, vocatis evocandis, tibi constiterit, predicta facias et adimpleas indilate, et ad hoc eundem comitem previa ratione compellas, taliter quod super hoc ob defectum tuum ad nos non sit ulterius recurrendum.

Actum apud Vernonem, die prima novembris, anno Domini M° CCC° sexto.

Tournai, *Archives communales*; Chartrier, layette de 1306. — Original sur parchemin, scellé sur simple queue, en cire blanche.

LXXI.

Paris, lundi 14 novembre 1306.

Philippe le Bel publie un arrêt du parlement de Paris, qui prescrit au bailli de Vermandois de faire rétablir au-dessus de la porte du palais épiscopal à Tournai, l'auvent que les magistrats communaux de cette ville avaient fait indûment détruire.

Philippus, Dei gratia Francorum rex, universis presentes litteras inspecturis, salutem.

Notum facimus, quod inter dilectum et fidelem nostrum episcopum (1) et villam Tornacensem, de illo protecto seu auvento quod fecerat dictus episcopus supra portam suam, et illud diruerant prepositi et scabini Tornacenses, nec voluerunt locum resaisire ad mandatum nostrum; auditis partibus, per arrestum nostre Curie dictum fuit quod ballivus Viromandensis (2) faciet locum resaisiri, et in equebono statu sicut erat reparari, et loco sic resaisito ponet debatum in manu nostra, et super debato hujusmodi fiet jus inter partes, et quod predicti prepositi et scabini predictam inobedientiam emendabunt.

In cujus rei testimonium, presentibus litteris nostrum fecimus apponi sigillum.

Actum Parisius, in parlamento nostro, die lune post hyemale festum beati Martini, anno Domini M° CCC° sexto.

Tournai, *Archives communales;* Chartrier, layette de 1306 (3). — En vidimus original sur parchemin, jadis scellé sur double queue, délivré par le prévôt de Paris, Fremin de Coquerel, le mardi avant la Saint-Vincent (18 janvier) 1307 (n. st.).

(1) Guy de Boulogne.

(2) Pierre Le Jumeau (?)

(3) La dernière note de la charte publiée ci-dessus n° VIII, s'applique aussi à la présente.

LXXII.

Paris, lundi 14 novembre 1306.

Philippe le Bel public un arrêt du parlement de Paris confirmant, malgré la protestation de l'évêque de Tournai, la sentence de bannissement portée par les magistrats communaux de Tournai contre un changeur soupçonné de fausse monnaie.

Philippus, Dei gratia Francorum rex, universis presentes litteras inspecturis, salutem.

Notum facimus, quod super eo quod prepositi, jurati et scabini Tornacenses, quendam hominem campsorem, pro suspitione false monete, banniverant, et dilectus et fidelis noster episcopus Tornacensis (1), proponens bannum hujusmodi factum fuisse in prejudicium litis inter dictas partes in Curia nostra pendentis (2), pluribus rationibus petebat dictam bannitionem revocari, et factum hujusmodi emendari. Auditis partium rationibus, per arrestum Curie nostre dictum fuit quod dictum bannum non revocabitur.

In cujus rei testimonium, presentibus litteris nostrum fecimus apponi sigillum.

Actum Parisius, in parlamento nostro, die lune post festum beati Martini hyemalis, anno Domini M° CCC° sexto.

Tournai, *Archives communales;* Registre 6, f° 149ᵇ.
— Copie du XIVᵉ siècle.

---

(1) Guy de Boulogne.

(2) Cf. l'acte de janvier 1307, publié ci-après, n° LXXV, qui termine ce conflit à l'avantage des magistrats communaux de Tournai.

LXXIII.

Paris, 25 novembre 1306.

Philippe le Bel donne au bailli de Vermandois l'ordre de faire respecter par le seigneur d'Antoing le droit de libre passage sur l'Escaut, dont jouissent les Tournaisiens pour leurs importations de bois, de grains, etc.

Philippus, Dei gratia Francorum **rex**, ballivo Viromandensi (1), vel ejus locum tenenti, salutem.

Conquesti sunt nobis prepositi et jurati ville Tornacensis, quod cum ipsi et habitatores ejusdem ville sint et fuerint ab antiquo in possessione conducendi per fluvium Scalde ligna sua, blada, et res alias predicte ville necessarias, et ea per dictum fluvium adducendi ad villam predictam; nichilominus, dominus de Anthonio (2), miles, per se vel gentes suas, predictos prepositos, et juratos ac habitatores in hujusmodi possessione multipliciter perturbat et impedit indebite, et de novo eorum ligna et res alias que ad villam predictam per dictum fluvium adducuntur, capiendo et arrestando injuste.

Quare tibi mandamus quatenus si, vocatis evocandis, inveneris ita esse, dictum dominum ad desistendum ab impedimento et perturbatione predictis, prout ad te pertinuerit, previa ratione compellas ipsaque impedimenta facias amoveri. Actum Parisius, xxv^a die novembris, anno Domini M° CCC° sexto.

Tournai, *Archives communales;* Chartrier, layette de 1306. — Original sur parchemin, scellé sur simple queue, en cire blanche.

---

(1) Pierre Le Jumeau (?)

(2) Antoing, petite ville du Hainaut, située sur la rive droite de l'Escaut, à 7 kilomètres de Tournai, en amont du fleuve.

LXXIV.

Paris, 27 novembre 1306.

Philippe le Bel mande au bailli de Vermandois de faire respecter par la dame de Leuze le droit, dont les Tournaisiens jouissent de toute antiquité, d'amener par l'Escaut, dans leur ville, les blés, les vins, les bois, etc., nécessaires aux habitants.

Philippus, Dei gratia Francorum rex, ballivo Viromandensi (1), vel ejus locum tenenti, salutem.

Conquesti sunt nobis prepositi et jurati civitatis Tornacensis quod licet ipsi et habitatores ejusdem civitatis a tanto tempore quod de contrario memoria non existit, fuerint et sint in possessione et saisina adducendi et conducendi ad villam Tornacensem, per fluvium Scalde, blada, vina, ligna et res alias ad sustentationem dictorum habitatorum necessarias, et de hoc usi fuerint pacifice ab antiquo; nichilominus domina de Luthosa (2) dictos prepositos, juratos et habitatores in sua possessione predicta perturbat, et impedit indebite et de novo, ligna ipsorum in dicto fluvio arrestando injuste.

Quare mandamus tibi quatenus si, vocatis evocandis, constiterit ita esse, impedimentum et perturbationem hujusmodi amoveri et dicta ligna deliberari facias, justicia mediante.

Actum Parisius, xxvii^a die novembris, anno Domini M° CCC° sexto.

Tournai, *Archives communales;* Chartrier, layette de 1306. — Original sur parchemin, scellé sur simple queue, en cire blanche.

(1) Pierre Le Jumeau (?)

(2) Catherine de Carency, veuve de Jacques de Châtillon-Saint-Pol, seigneur de Leuze et de Condé, gouverneur de la Flandre pour Philippe le Bel, tué à Courtrai le 11 juillet 1302. La plus grande partie des seigneuries de Leuze et de Condé bordait l'Escaut, sur sa rive droite, vis-à-vis du Tournaisis.

LXXV.

Paris, janvier 1307 (n. st.).

*Philippe le Bel publie un arrêt du parlement de Paris,
portant que le droit de juger les changeurs, à Tournai,
appartient aux magistrats communaux, et non pas à
l'évêque.*

Philippus, Dei gratia Francorum rex.

Notum facimus universis, tam presentibus quam futuris,
quod cum in Curia nostra mota fuisset controversia inter dilectum et fidelem nostrum episcopum Tornacensem (1), ex una
parte, et prepositos, juratos et rectores ville Tornacensis, ex
altera, super eo quod petebat dictus episcopus, quamdam
pecunie prohibite quantitatem, per dictos rectores supra quosdam campsores, in eorum domibus et cambiis apud Tornacum
captam, et ad instanciam dicti episcopi propter debatum partium ad manum nostram positam, sibi reddi et deliberari;
asserens se esse in saisina justiciandi dictos campsores, in
domibus et cambiis eorum, super hiis que ad officium hujusmodi pertinent, necnon capiendi et sibi tamquam commissam
applicandi pecuniam prohibitam, tam in cambiis quam in
domibus campsorum seu alibi in villa Tornacensi reperiam;
dictis prepositis, juratis et rectoribus in contrarium asserentibus se esse in saisina, nomine communie dicte ville, justiciandi
dictos campsores in eorum domibus et cambiis, et in tota villa
Tornacensi, necnon capiendi monetam prohibitam, tam super
dictos campsores in domibus et cambiis eorum, quam etiam
alibi in civitate Tornacensi et ejus pertinentiis reperiam, et

---

(1) Guy de Boulogne.

tamquam commissam sibi applicandi; petentibusque dictam
pecunie quantitatem ad manum nostram positam sibi reddi et
deliberari.

Tandem, inquesta super hoc de mandato nostro facta (1),
visa et diligenter examinata, quia inventum est sufficienter pro-
batum dictos prepositos, juratos et rectores esse et fuisse in saisina justiciandi dictos campsores in cambiis et domibus ipsorum,
necnon capiendi et tamquam commissas sibi applicandi pecunias
prohibitas seu defensas supra dictos campsores, tam in domibus et cambiis ipsorum, quam alibi in villa Tornacensi
repertas, per Curie nostre judicium dictum fuit et pronunciatum, dictos prepositos, juratos et rectores in saisina seu
possessione premissorum remanere debere, et dictam pecunie
summam, dicta manu nostra inde amota, debere eisdem reddi,
salva super hoc dicto episcopo proprietatis questione (2).

In cujus rei testimonium presentibus litteris nostrum
fecimus apponi sigillum.

Actum Parisius, in parlamento nostro, anno Domini millesimo trecentesimo sexto, mense januario (3).

Tournai, *Archives communales;* Registre 6, f⁰ 148ᵇ.
— Copie du XIVᵉ siècle.

---

(1) Cette enquête a été publiée par le comte BEUGNOT, dans
Les Olim, t. III, p. 220. Elle est datée « Sabbato post quindenam
Epiphanie » 1307 (n. st.).

(2) Il faut rapprocher cet arrêt de celui du 20 avril 1304,
publié ci-dessus, n⁰ LXII.

(3) On conserve à Tournai, aux Archives communales (Chartrier,
layette de 1306), le procès-verbal de l'exécution de notre arrêt. Ce
procès-verbal est daté du jeudi avant Pâques fleuries 1307 (n. st.).
C'est un intéressant document original sur parchemin, scellé de
18 sceaux, et dressé par Baudouin de Maquincourt, sergent royal à
Saint-Quentin.

LXXVII.

Verneuil, 17 février 1307 (n. st.).

*Philippe le Bel autorise les magistrats de Tournai à percevoir
en double, pendant un nouveau terme de trois années,
l'impôt que le roi Philippe le Hardi les avait autorisés à
lever pour refaire leurs remparts et pour* autres nécessités.

Philippus, Dei gratia [Francorum] rex, universis presentes
litteras inspecturis, salutem.

Notum facimus nos preposito, juratis, et civibus Tornacensibus concessisse ex causa, quod ipsi, collectam sive assisiam
que in villa Tornacensi ex concessione clare memorie genitoris
nostri colligitur, pro reparatione murorum et aliis neccessita-
tibus ipsius ville, dupplicare valeant, et usque ad triennium
integrum ab instanti proximo festo translationis beati Martini
continue numerandum, levare ac exigere dupplicatam (1).

In cujus rei testimonium, presentibus litteris nostrum fecimus apponi sigillum.

Actum apud Vernolium (2), xixª februarii, anno Domini
Mº CCCº sexto.

Tournai, *Archives communales;* Registre 6, fº 132ᵇ.
— Copie du XIVᵉ siècle.

LXXVII.

Villers-aux-Loges, 16 juin 1307.

*Philippe le Bel mande au bailli de Vermandois de contraindre
le comte de Hainaut à laisser les Tournaisiens acheter des
vivres et du bois dans son comté.*

Philippus, Dei gratia Francorum rex, baillivo Viromandensi (5) salutem.

---

(1) Au sujet de cette charte, cf. les actes des 6 juillet 1295 et
29 avril 1297, publiés ci-dessus nᵒˢ XXXII et XLII.

(2) Verneuil, Eure, arrondissement d'Evreux.

(5) Pierre Le Jumeau.

Mandamus tibi, quatenus dilectum nostrum comitem Hanonie (1), aut ejus locum tenentem, si in dicto comitatu presens non inveniatur, ex parte nostra requiras ut ipse dilectos nostros cives Tornacenses in dicto comitatu victualia et ligna emere, et apud Tornacen[ses] apportari facere permittat, amoto quolibet impedimento per ipsum aut gentes suas apposito in predictis. Quod si facere noluerit, tale super hoc remedium celeriter adhibere studeas, quod ob deffectum tuum super hoc non sit ad nos ulterius recurrendum.

Actum in domo nostra de Villaribus (2), die xvia junii, anno Domini M° CCC° septimo.

> Tournai, *Archives communales;* Chartrier, layette de 1307. — En vidimus original sur parchemin, scellé sur simple queue, en cire brune, délivré par Adam des Mainniex, prévôt de Saint-Quentin, le mercredi après la saint Martin le Bouillant (5 juillet) 1307 (3).

LXXVIII.

Villers–aux–Loges, 15 juin 1307.

Philippe le Bel mande au bailli de Vermandois d'inviter à nouveau et très instamment le comte de Hainaut à restituer aux Tournaisiens des monnaies et des grains qu'il détient indûment, à leur préjudice (4).

Philippus, Dei gratia Francorum rex, baillivo Viromandensi, salutem.

---

(1) Guillaume Ier, le Bon.

(2) Il s'agit, croyons-nous, de Villers-aux-Loges, Loiret, canton de Neuville-aux-Bois.

(5) Ce vidimus est inséré dans une lettre très curieuse, où le prévôt de Saint-Quentin rend compte au bailli de Vermandois des démarches faites pour procurer l'exécution du mandement royal Le comte de Hainaut se trouvant alors en Hollande, le prévôt de Saint-Quentin fut reçu, à Beaumont, par la comtesse qui refusa nettement d'obtempérer aux injonctions du roi.

(4) Toutes les notes mises au bas de la charte qui précède (n° LXXVII), sont applicables à la présente.

Ex parte dilectorum nostrorum prepositorum, juratorum et civium Tornacensium, nobis fuit graviter conquerendo monstratum, quod cum nos dilecto nostro comiti Hanonie et tibi litteras nostras sub certa forma duxerimus dirigendas (1), pro pluribus denariis aureis, argento in massa, grossis turonensium, et aliis monetis, ac etiam blado et avena civibus Tornacensibus restitui faciendis, de quibus in ipsis litteris expressa mentio habebatur, idem comes de predictis restitutionem dictis civibus fieri facere hactenus non curavit, ex parte nostra, ut dicitur, requisitus;

Quare mandamus tibi quatenus eundem comitem ex parte nostra iterato requiras, ut ipse comes plenarie restitutionem de predictis, juxta dictarum litterarum continentiam, indilate fieri faciat civibus antedictis.

Quod si facere noluerit, ipsum ad restitutionem hujusmodi ipsis civibus plenarie faciendam de premissis opportunis remediis compellere non differas, prout fuerit rationis, taliter quod ob deffectum tuum, super hoc ad nos non sit ulterius recurrendum, quod grave procul dubio generemus.

Actum in domo nostra de Villaribus, die xvi^a junii, anno Domini M° CCC° septimo.

Tournai, *Archives communales;* Chartrier, layette de 1307. -— En vidimus original sur parchemin, scellé sur simple queue, en cire brune, délivré par Adam des Mainniex, prévôt de Saint-Quentin, le mercredi après la saint Martin le Bouillant (5 juillet), 1307.

---

(1) Cf. le document du 6 décembre 1303, publié ci-dessus, n° LX.

LXXIX.

Pontoise, 12 septembre 1307.

Philippe le Bel mande au comte de Flandre, aux gouver-
neurs de Lille et de Douai, à la dame de Mortagne et au
seigneur de Cysoing, d'arrêter et de châtier les gens qui
ont pu se réfugier sur leurs terres, après avoir été bannis
de Tournai, pour s'être insurgés contre l'autorité du roi et
des magistrats communaux.

Philippus, Dei gratia Francorum rex, dilectis et fidelibus
nostris comiti Flandrie, capitaneo Duacensi, capitaneo Insulensi, domine de Mauritania, domino de Cisonio, nostris ballivis, ceterisque justiciariis secularibus regni nostri, ad quos
presentes littere pervenerint, salutem.

Cum nonnulli malefactores, Dei timore nostrique offensa
totaliter postpositis, non solum sed pluries, diversas seditiones, conspirationes populique tumultus in civitate Tornacensi,
contra nos et dilectos et fideles nostros prepositos, juratos
et alios rectores civitatis predicte insurgendo, commoven-
tes, et nonnulli alii malefactores, banniti perpetuo de dicta
civitate, in vestris dominiis et locis vobis commissis, latitare
dicuntur, quod conniventibus occultis non intendimus per-
transire;

Quare mandamus vobis et vestrum singulis, quatenus dictos
malefactores et eorum complices, et receptatores de quibus
vigebit, ubicumque, extra sacra loca, in vestris potestatibus,
ipsos potueritis invenire, prius super hoc inquisita veritate
diligenti, vocatis qui fuerint evocandi, capiatis seu capi faciatis;
et quos de premissis ex vehementi presumptione vel probabili
suspitione culpabiles inveniretis, taliter ipsos, juxta eorum

qualitatem delictorum, prout ad vestrum quemlibet pertinuerit, justitia mediante, puniatis, quod eorum pena ceteri delinquentes extiterint (1).

Actum Pontisare, duodecimo die septembris, anno Domini
millesimo trecentesimo septimo.

Paris, *Bibliothèque nationale;* Collection Moreau,
t. DXXVI, f° 498. — Copie du XVIII° siècle, d'après
un original qui aujourd'hui ne se retrouve plus aux
Archives communales de Tournai.

LXXX.

Paris, 6 novembre 1307.

*Philippe le Bel mande aux baillis d'Amiens et de Verman-
dois de bannir de leurs juridictions les gens que les magistrats de Tournai auront pu expulser de leur ville, pour
cause d'insurrection contre leur autorité communale.*

Philippus, Dei gratia Francorum rex, Viromandensi et
Ambianensi ballivis, vel eorum loca tenentibus, ceterisque
justiciariis nostris, salutem.

Ex parte prepositorum et juratorum ville Tornacensis, nobis
extitit intimatum, quod in eadem villa sunt nonnulli seductores
et commotores populi, tumultum et seditiones facientes ibidem; unde plurima scandala et pericula frequenter et pluries
oriuntur.

---

(1) On peut voir, au sujet des émeutes dont il est fait mention
dans cette charte, ce que raconte Gilles Le Muisit, dans sa Chronique publiée par De Smet dans le tome II (pp. 173-175) du *Corpus
chronicorum Flandriæ;* car nous supposons qu'il y a connexité entre
les événements racontés par le chroniqueur et ceux auxquels il est
fait allusion ici.

Quare mandamus vobis et vestrum singulis, quatenus,
tales vel eorum aliquos per dictos prepositos et juratos, propter
hoc, banniri contingat, vos et vestrum quilibet, ad requisitionem eorum, dictos bannitos ad jura vestra coram vobis,
juxta patrie consuetudinem evocetis, et si ad vocationes vestras
sufficienter non compareant, ipsos a locis et districtibus vobis
subjectis, prout de jure faciendum videritis, servata patrie
consuetudine, banniatis(1).

Actum Parisius, vi° die novembris, anno Domini M° CCC°
septimo.

> Tournai, *Archives communales;* Chartrier, layette
> de 1307. — Original sur parchemin, scellé sur
> simple queue, en cire blanche.

LXXXI.

Paris, lundi 15 janvier 1308 (n. st.).

*Philippe le Bel publie la décision prise par le parlement de
Paris, de citer le comte de Hainaut à comparaître par-
devant ledit parlement, pour répondre des faits qui lui
sont reprochés par la ville de Tournai.*

Philippus, Dei gratia Francorun rex, universis presentes
litteras inspecturis, salutem.

Notum facimus quod cum procurator ville Tornacensis
certas faceret requestas, nomine dicte ville, contra dilectum et
fidelem nostrum comitem Hanonie (2), super quibusdam
summis denariorum aureorum, florenorum, grossorum turonensium, aliarum monetarum, massis argenti, quibusdam
bladi et avene quantitatibus, quibusdam civibus dicte ville per
gentes dicti comitis de novo violenter et injuste ut dicebatur

---

(1) Cette charte est à rapprocher de la précédente (n° LXXIX).
(2) Guillaume Ier, le Bon.

ablatis (1). Item super quibusdam furcis dictorum civium per gentes dicti comitis de novo et injuste dirutis, et aliis de novo et injuste per easdem gentes erectis in justitia alta et bassa civium predictorum. Item super duobus hominibus de novo et violenter per dictas gentes de regno nostro extractis et in Imperium ductis, et super cujusdam domus combustione (2). Que omnia petebat dictus procurator emendari, et ad debitum statum reduci, et dampna per hoc illata predictis reddi et resarciri eisdem. Et econtra dictus comes plures rationes proponeret, ad illum finem quod nos dictum procuratorem in aliquo non deberemus audire.

Tandem auditis hinc inde propositis, per arrestum nostre Curie dictum fuit, quod dictus comes predictas requestas defendet ad proximum parlamentum, et super hoc assignavit Curia nostra diem partibus predictis ad diem ballivie Viromandensis futuri proximo parlamenti. Et faciet Curia nostra quod validum erit, et tenebit quicquid super hiis fiet cum procuratore predicto.

In cujus rei testimonium, presentibus litteris nostrum fecimus apponi sigillum.

Actum Parisius, in parlamento nostro, die lune post octabas Epiphanie, anno Domini millesimo trecentesimo septimo.

Sur le repli :) Per cameram, sub correctione vestra. Bituris.

Tournai, *Archives communales;* Chartrier, layette de 1307 (3). — Original sur parchemin, scellé sur double queue, en cire blanche.

---

(1) Cf. à ce sujet les actes des 6 décembre 1303 et 16 juin 1307, publiés ci-dessus, nos LX et LXXVII.

(2) Sur tous ces faits, il faut voir les chartes des 8 août et 6 septembre 1305 et 1er novembre 1306, publiées ci-dessus, nos LXVII, LXVIII, LXIX et LXX.

(3) La dernière note de la charte publiée ci-dessus no VIII, s'applique également au présent acte.

LXXXII.

Paris, 15 octobre 1308.

Philippe le Bel interdit au comte de Flandre de faire payer par les Tournaisiens, pour leurs biens sis en Flandre, la taille nouvellement instituée à l'effet de solder l'indemnité de guerre consentie par le comte en faveur du roi de France.

Philippus, Dei gratia Francorum rex, dilecto et fideli nostro comiti Flandrensi (1), salutem.

Conquesti sunt nobis dilecti et fideles nostri major (2) et jurati Tornacenses, quod vestri justiciarii et ministri, pro possessionibus et hereditatibus quas habent Tornacenses cives inclavatas in Flandria, de novo, cum nunquam alias factum fuerit, indebite imponunt taillias hereditatibus supradictis, maxime pro solvendis omnibus que Flandrensibus incumbunt, ratione pacis Flandrensis (3), super quibus ipsi Tornacenses nullo modo tenentur, et ipsos Tornacenses turbant et molestant multipliciter pro predictis.

Quare vobis mandamus, quatenus omnes vestros ministros et subditos faciatis a predicta molestatione desistere; et omnia que capta sunt occasione predicta faciatis recredi eisdem; omnibusque eis qui intendunt Tornacenses ad contribuendum Flandrensibus oneribus seu talliis teneri debere, diem festi Candelose proximi assignetis Parisius coram nobis, ut tunc de plano taliter cognoscatur quod non possit questio in dicto casu vel similibus remanere, nec pacis turbatio inter eos.

Actum Parisius, xvᵃ die octobris, anno Domini M°CCC° octavo.

Lille, *Archives du Nord;* B. 486. — Original sur parchemin, scellé sur simple queue, en cire blanche.

---

(1) Robert III, dit *de Béthune.*

(2) Il y a ici une faute; les jurés de Tournai n'avaient pas pour chef un *maire,* mais bien deux prévôts.

(3) Il s'agit de la paix conclue à Athies le 3 juin 1303.

LXXXIII.

Fontainebleau, 10 décembre 1308.

Philippe le Bel ordonne au bailli de Lille de punir Jean de Dour, ex-châtelain d'Ath, qui a incendié la maison du Tournaisien Gilles de Bouquaut, située dans le royaume de France, après avoir enlevé ce qu'elle renfermait.

Philippus, Dei gratia Francorum rex, ballivo Insulensi, salutem.

Guillelmus de Bouquaut, civis Tornacensis, nobis exposuit quod Johannes de Dours, olim castellanus de Ath, Egidium de Bouquaut fratrem ipsius, cum Maria ejus uxore preignante, ac bonis eorumdem, adsociatis secum pluribus malefactoribus suis complicibus in hac parte, in quadam ipsorum domo infra regnum nostrum conscitente, necnon et ipsam demum ac bona dictorum conjugum in eadem conscitentia ignis incendio concremavit, nec hiis contentus, bona que abinde potuerunt extrahi, absportavit.

Unde tibi mandamus, quatinus facta tibi de premissis fide, vocatis evocandis, ipsum Johannem propter hoc tam celeriter punias et puniri facias quod de diligentia debeas merito commendari (1).

Datum apud Fontembliaudi, xª die decenbris, anno Domini Mº CCCº octavo.

Tournai, *Archives communales;* Chartrier, layette de 1308. — En vidimus original sur parchemin, scellé sur simple queue, en cire brune, délivré par Robert de Villeneuve, bailli de Lille, le 22 décembre 1308.

---

(1) Plusieurs des chartes qui vont suivre sont relatives à cette affaire de Jean de Dour et de Gilles de Bouquaut. En mars 1312 elle n'était pas encore terminée, comme on le verra par l'acte publié ci après sous le nº XCIV.

LXXXIV.

Cachan, samedi 26 avril 1309.

Philippe le Bel publie les décisions prises par le parlement de Paris, au sujet des diverses questions pendantes entre la ville de Tournai et le comte de Hainaut.

Philippus, Dei gratia Francorum rex, universis presentes litteras inspecturis, salutem.

Notum facimus quod inter procuratorem comitis Hanonie (1), ex una parte, et procuratorem scabinorum et prepositorum ville Tornacensis, occasione furcarum dirutarum existentium prope molendinum Alardi de Mota, et furcarum de Folays (2), necnon et ratione captionis Johannis de Rupplemonde, Johannis Le Viez Wairier, in loco de Folays (3), et redemptionis ab eis levate; item ad finem civilem, ratione combustionis justiciando facte domus Egidii de Boukaut, civis Tornacensis (4), apud Rumignies (5); item ratione quorumdam aliorum locorum et factorum in petitione seu requesta dicti procuratoris Tornacensis contentorum.

Auditis partibus hinc et inde ad finem civilem, et dicto procuratore comitis Hanonie proponente quod dictus comes facta hujusmodi, cum justiciando facta fuissent, advoaverat, et petente dicta loca sibi ostendi, per Curiam nostram dictum

(1) Guillaume Ier, le Bon.
(2) Cf. les deux chartes en date du 1er novembre 1306, publiées ci-dessus, nos LXIX et LXX.
(3) Les Follets ou Folays, hameau du village de Rumillies près Tournai.
(4) Cf. l'acte précédent, no LXXXIII.
(5) Rumillies, Hainaut, arrondissement et canton de Tournai. Autrefois Rumillies faisait partie de la banlieue de Tournai. Ce village est situé sur la rive droite de l'Escaut.

fuit quod fiet sibi ostensio dictorum locorum ad finem civilem,
et assignavit ipsa Curia diem ad hoc, videlicet diem lune post
octabas instantis festi Penthecostes (1), hora prima, et con-
venient dicte partes in loco medio in campis inter Tornacum
et Rumignies, et deinde ibunt ad loca omnia contentiosa inter
ipsos; et regressum litis habent ad diem ballivie Viromandensis proximi parlamenti.

Item cum dictus procurator Tornacensis conquereretur
quod gentes dicti comitis plures prisias auri, argenti, florenorum, turonensium grossorum, billoni et aliarum pecuniarum, necnon bladorum, lignorum et rerum aliarum injuste
fecerant supra cives Tornacenses (2), requirens pluribus
rationibus dictas prisias eisdem civibus reddi, maxime cum
gentes dicti comitis hec nobis, ut dicebant, promisissent. Et
procurator dicti comitis, proponens quod gentes dicti comitis,
prisias hujusmodi fecerant justiciando, et in terra et justicia
dicti comitis, diceret quod super hoc nolebat in nostra Curia
placitare, sed venirent hujusmodi conquerentes ad curiam
dicti comitis, et ipse faceret eis justiciam de predictis.

Auditis predictis propositis, et visis multis litteris ostensis
per procuratorem illorum de Tornaco, per Curiam dictum fuit
quod committetur dilecto et fideli nostro episcopo Suessionensi (3), quod ipse, una secum Ancelino de Warignies, vel
Johanne de Varennis, militibus, illo videlicet quem habere
poterit, apud Tornacum vel in marchia, ex parte nostra desti-
nati conveniant, et vocatis gentibus dicti comitis tamquam
amici et tractatores communes, cognoscant de prisiis supradictis, et ea que liquido invenerint expedienda expediant, et
dubia sufficienter inquisita ad nos reportent, ut super eis
ulterius faciamus id quod rationabiliter fuerit faciendum.

---

(1) Le 26 juin.

(2) Cf. les actes des 6 décembre 1303 et 16 iuin 1307, publiés
ci-dessus, nᵒˢ LX et LXXVIII.

(3) Guy de la Charité.

In cujus rei testimonium, presentibus litteris nostrum fecimus apponi sigillum.

Actum apud Cachant (1), die sabbati post festum sancti Marchi evangeliste, anno Domini M°CCC° nono.

Sur le repli :) Per Curiam. Facta est collatio. Bituris.

Tournai, *Archives communales;* Chartrier, layette de 1309 (2). — Original sur parchemin, scellé sur double queue, en cire blanche.

LXXXV.

Cachan, samedi 26 avril 1509.

Philippe le Bel désigne le bailli de Vermandois pour assister à l'enquête ordonnée par le parlement de Paris, à propos des questions pendantes entre la ville de Tournai et le comte de Hainaut (3).

Philippus, Dei gratia Francorum rex, ballivo Viromandensi (4), vel ejus locum tenenti, salutem.

Cum inter procuratorem comitis Hanonie, ex una parte, et procuratorem scabinorum et prepositorum ville Tornacensis, occasione furcarum dirutarum existentium prope molendinum Alardi de Mota, et furcarum de Folays, necnon et ratione captionis Johannis de Rupplemonde, Johannis Le Viez Wairier in loco de Folays, et redemptionis ab eis levate; item ad finem civilem, ratione combustionis justiciando facte domus Egidii de Boukaut, civis Tornacensis, apud Rumignies; item ratione quorumdam aliorum locorum et factorum in petitione seu requesta dicti procuratoris Tornacensis contentorum.

Audítis partibus hinc et inde ad finem civilem, et dicto

---

(1) Cachan, Seine, canton de Villejuif, commune d'Arcueil.

(2) La dernière note de la charte publiée ci-dessus, n° VIII, s'applique aussi à la présente.

(3) La plupart des notes mises au bas de la charte qui précède s'appliquent à la présente.

(4) Fremin de Coquerel (?)

procuratore comitis Hanonic proponente quod dictus comes facta hujusmodi, cum justiciando facta fuissent, advoaverat, et petente dicta loca sibi ostendi, per Curiam nostram dictum fuit quod fiet sibi ostensio dictorum locorum ad finem civilem, et assignavit ipsa Curia diem ad hoc, videlicet diem lune post octabas instantis festi Penthecostes, hora prima, et convenire debeant dicte partes in loco medio in campis inter Tornacum et Rumignies, et deinde ire ad loca omnia contentiosa inter ipsos.

Mandamus tibi, quatenus per te vel aliam personam ydoneam, ad diem, horam et locum predictos personaliter intersis, et ad loca predicta una cum dictis partibus accedens, ostensionem fieri facias supradictam, nostram Curiam certificans de ea, et omnibus aliis que facta fuerint in premissis, ad diem tue ballivie futuri proximi parlamenti, ad quod regressum litis habent partes predicte.

Actum apud Cachant, die sabbati post festum sancti Marchi evangeliste, anno Domini Mº CCCº nono.

Bituris.

Tournai, *Archives communales;* Chartrier, layette de 1309. — Original sur parchemin, scellé sur simple queue, en cire blanche.

LXXXVI.

Cachan, samedi 26 avril 1309.

Philippe le Bel charge l'évêque de Soissons d'aller faire une enquête, avec Ancelin de Warignies ou Jean de Varennes, à Tournai et aux environs, au sujet des saisies de monnaies, de grains et de bois, que le comte de Hainaut avait fait faire au préjudice des gens de Tournai (1).

Philippus, Dei gratia Francorum rex, dilecto fideli nostro episcopo Suessionensi, salutem et dilectionem.

---

(1) Cf. les notes mises au bas de la charte publiée ci-dessus, nº LXXXIV.

Cum procurator prepositorum et scabinorum ville Tornacensis conquereretur quod gentes dilecti et fidelis nostri comitis Hanonie plures prisias auri, argenti, florenorum, turonensium grossorum, billoni et aliarum pecuniarum, necnon bladorum, lignorum et aliarum rerum injuste fecerant supra cives Tornacenses, requirens pluribus rationibus dictas prisias eisdem civibus reddi, maxime cum gentes dicti comitis hec nobis, ut dicebat, promisissent; et procurator dicti comitis proponens quod gentes dicti comitis prisias hujusmodi fecerant justiciando, et in terra et justitia dicti comitis, diceret quod super hoc nolebat in nostra Curia placitare, sed venire hujusmodi conquerentes ad curiam dicti comitis, et ipse faceret eis justitiam de predictis.

Vobis comittimus et mandamus, prout auditis propositis per nostram Curiam dictum fuit, quatinus vos, una vobiscum Ancelino de Warcignies vel Johanne de Varennis, militibus nostris, illo videlicet quem habere poteritis ex eisdem, apud Tornacum vel in marchia conveniatis, et vocatis gentibus dicti comitis tamquam amici et tractatores communes, cognoscatis de prisiis supradictis; et ea que liquido inveneritis expedienda, expediatis; et dubia sufficienter inquisita ad nos reportetis, ut super hiis ulterius faciamus id quod rationabiliter fuerit faciendum.

Actum apud Cachant, die sabbati post festum sancti Marci evangeliste, anno Domini M° CCC° nono.

Auditis partibus renovetur. Bituris.

Tournai, *Archives communales;* Chartrier, layette de 1309 (1). — Original sur parchemin, jadis scellé sur simple queue.

---

(1) La dernière note de la charte publiée ci-dessus, n° VIII, s'applique également au présent mandement.

LXXXVII.

Paris, dimanche 14 décembre 1309.

Philippe le Bel publie un arrêt du parlement de Paris, déclarant que l'enquête faite aux environs de Tournai, à l'occasion des questions pendantes entre la ville de Tournai et le comte de Hainaut, est suffisante pour permettre de plaider au fond (1).

Philippus, Dei gratia Francorum rex, universis presentes litteras inspecturis, salutem.

Notum facimus quod cum in causa que pendet in Curia nostra inter dilectum nostrum comitem Hanonie, ex una parte, et villam Tornacensem, ex altera, procurator dicte ville ostensionem factam per eum super situ quarundam furcarum et quibusdam aliis locis et rebus in dicta ostensione contentis, Curie nostre exhibens, peteret quod procurator dicti comitis ulterius procederet in causa predicta. Et econtra dicti comitis procurator pluribus rationibus proponeret dictam ostensionem non esse sufficientem. Tandem auditis partibus, et visa ostensione predicta, et arresto novissime preteriti parlamenti facto inter partes predictas super dicta ostensione facienda, per arrestum Curie nostre dictum fuit quod dicta ostensio sufficienter est facta, et quod dictus comes ulterius in dicta causa procedet.

In cujus rei testimonium, presentibus litteris nostrum fecimus apponi sigillum.

Actum Parisius, in parlamento nostro, die dominica post festum beate Lucie virginis, anno Domini M° CCC° nono.

Sur le repli :) Per arrestum ; Bituris.

Tournai, *Archives communales ;* Chartrier, layette de 1309. — Original sur parchemin, scellé sur double queue, en cire blanche.

_____

(1) Cf. les chartes qui précèdent, et les notes que nous y avons ajoutées.

LXXXVIII.

Paris, dimanche 14 décembre 1309.

Philippe le Bel publie un arrêt du parlement de Paris, déclarant que c'est sans droit que le châtelain d'Ath, agissant au nom du comte de Hainaut, a incendié une maison à Rumillies, qui est dans la banlieue de Tournai, et par conséquent dépend du royaume de France (1).

Philippus, Dei gratia Francorum rex, universis presentes litteras inspecturis, salutem.

Notum facimus, quod cum in parlamento nuper preterito, ex parte civium et communis ville Tornacensis, et Willelmi fratris Egidii dicti quondam de Boukaut, concivis ipsorum, Curie nostre facta fuisset querimonia contra Johannem de Dours, castellanum de Ath, dilecti et fidelis nostri comitis Hanonie, in Castelleto nostro Parisiensi tunc detentum, quod ipse castellanus quandam domum dicti Egidii infra districtum ville Tornacensis predicte, in regno nostro, videlicet apud Rumignies, consistentem, dictumque Egidium et ejus uxorem pregnantem et prope partum, in dicta domo jacentes, combuxerat ignis incendio voluntario, dictamque domum bonis pluribus depredaverat, et peteretur quod justicia fieret de eodem. Et gentes dicti comitis ad hoc se pro comite et castellano predictis opponerent, et dicerent quod dicta domus in

---

(1) Cette charte doit être rapprochée des précédentes, de celle du 10 décembre 1308, publiée ci-dessus n° LXXXIII, notamment.

districtu dicti comitis sita erat in comitatu Hanonie, extra regnum nostrum et quod hoc per ostensionem loci posset liquido videri, et quod dictus castellanus, id quod fecerat, justiciando pro dicto comite fecerat, et quod ipse comes alias ipsum super hoc advoaverat, et plures alias rationes proponeret et peteret dictum castellanum recredi, quam advoationem pars adversa negabat.

Et tandem auditis hinc inde propositis, per arrestum Curie nostre dictum fuit quod fieret loci ostensio, et assignaverit ipsa Curia diem ad hoc, videlicet diem lune post octabas festi Penthecostes nuper preteriti, hora prima, ut convenirent dicte partes in loco medio in campis inter Tornacum et Rumignies, et de inde ad locum de Rumignies, et haberent regressum litis ad diem ballivie Viromandensis presentis parlamenti, ut post dictam ostensionem, ipsa Curia nostra certiorata de ea, faceret et procederet ut rationabiliter expedire videret; et interim dictus castellanus, sub bona et sufficienti cautione de regno nostro, corporis pro corpore ad hoc et sub aliis magnis penis efficaciter obligata, recrederetur usque ad diem dicte ballivie Viromandensis presentis parlamenti, ut ipsa die in statu in quo tunc erat in Castelleto nostro Parisius se reponeret, juri parturus ut deberet.

Et comparentibus in dicto parlamento nostro presenti procuratore ville Tornacensis et dicto Willelmo de Boukaut, per relationem Richeri dicti Le Moigne, armigeri, prepositi de Sancto-Quintino, per suas litteras Curie nostre factam, constiterit Curie nostre predicte quod ipse Richerus, ex commissione sibi facta per ballivum Viromandensem, cui ipsa Curia ostensionem predictam faciendam comiserat, die lune predicta ad locum predictum personali fuerat pro ostensione predicta et quod ibidem propter hoc fuerant procurator ville Tornacensis sufficienter instructus, et Willelmus de Boukaut predictus, nemine comparente pro comite et castellano predictis sufficienter expectatis, propter quod ipse prepositus, eorum absentia non obstante, dictam ostensionem fecerat fieri; dictique procurator et Willelmus ipsi preposito ostenderant certa loca in predicta relatione dicti Richeri contenta; et peterent dicti procuratores et Willelmus dictum Johannem, quia in presenti parlamento juxta formam dicti arresti in nuper preterito parlamento lati, ut supradictum est, non comparuit, nec in Castelleto se reposuit, ut debebat, in defectu poni, et propter suas contumacias de premissis culpabilem reputari; et procurator dicti comitis diceret ex adverso dictam ostensionem non esse sufficienter factam, et contra predictam plures alias proponeret rationes.

Tandem auditis hinc inde partium rationibus, per arrestum dicte Curie dictum fuit dictam loci ostensionem sufficienter esse factam, dictumque comitem, quatenus eum tangit et sua interesse crediderit, requeste seu petitioni dictorum procuratoris et Guillelmi respondere debere. Et quia dictus Johannes, qui a carcere Castelleti recreditus fuerat, in Castelleto predicto, juxta formam dicti arresti in nuper preterito parlamento, ut dictum est, lati, se non reposuit, fuit positus in defectu.

In cujus rei testimonium, presentibus litteris nostrum fecimus apponi sigillum.

Actum in parlamento nostro Parisius, die xiiiª decembris, anno Domini millesimo trecentesimo nono.

Sur le repli :) Per arrestum Curie. Jac.

Tournai, *Archives communales;* Chartrier, layette de 1398. (1) — Original sur parchemin, jadis scellé sur double queue.

---

(1) La dernière note de la charte publiée ci-dessus, n° VIII, s'applique également à la présente.

LXXXIX.

Paris, samedi 11 avril 1310 (n. st).

*Philippe le Bel publie un arrêté du parlement de Paris,
prescrivant une enquête sur le point de savoir si certaines
localités des environs de Tournai sont situées dans le
royaume de France, et condamnant le comte de Hainaut à
payer au roi 3,000 livres tournois parce que son châtelain
d'Ath, poursuivi par les Tournaisiens, n'a pas comparu
devant le parlement au jour qui lui avait été fixé (1).*

Philippus, Dei gratia Francorum rex, universis presentes
litteras inspecturis, salutem.

Notum facimus, quod auditis partibus infrascriptis, per
nostram Curiam fuit dictum, quod in causis civilibus que pendent in Curia nostra inter prepositos et juratos de Tornaco, ex
una parte, et dilectum et fidelem nostrum comitem Hanonie,
ex altera, commissio renovabitur, nisi jam fuerit renovata.
Item quod commissarii dabuntur super debato quarumdam
furcharum dirutarum existentium prope molendinum Alardi
de Mota, et furcharum de Folais, necnon ratione captionis
Johannis de Rupplemonde, Johannis Le Viesvarrier in loco de
Folais, et redemptionis ab eis levate. Qui commissarii, vocatis
partibus, ibunt ad dicta loca et diligenter inquirent ad finem
civilem veritatem, utrum loca predicta sint in regno nostro et
inquestam quam super hoc fecerint ad nostram Curiam reportabunt.

Item cum procurator noster diceret predictum comitem
Hanonie commisisse, et nobis solvere debere penam trium
milium libr. tur., pro eo quia sicut promiserat litteris suis

---

(1) Cette charte est à comparer avec toutes celles qui précèdent,
depuis celle qui porte le n° LXXXIII.

super hoc datis, non exhibuerat vel steterat juri Johannem ac
Dous, castellanum d'Ath, qui diem habebat in parlamento
presenti; procuratore dicti comitis plures rationes e contrario
proponente; tandem, auditis hinc inde propositis, per arrestum
nostre Curie dictum fuit quod dicta pena nobis est commissa.

In cujus rei testimonium, presentibus litteris nostrum
fecimus apponi sigillum.

Actum Parisius, in parlamento nostro, die sabbati ante
Ramos palmarum, anno Domini millesimo trecentesimo nono.

Sur le repli :) Per Curiam rescripta. Bituris.

> Tournai, *Archives communales;* Chartrier, layette
> de 130). — Original sur parchemin, scellé sur
> double queue, en cire blanche.

XC.

Saint-Ouen, 12 août 1311.

*Philippe le Bel mande au bailli de Lille de respecter le droit
dont jouissent les Tournaisiens, lorsqu'ils plaident en
Flandre devant les juridictions temporelles, de ne payer
que les frais des enquêtes et le salaire du clerc qui les
écrit.*

Philippus, Dei gratia Francorum rex, ballivo Insulensi (1),
salutem.

Significaverunt nobis prepositi et jurati Tornacenses, quod
cum ipsi, communia et singulares persone ville Tornacensis,
sint et ab antiquo fuerint in possessione pacifica agendi et liti-
gandi coram dominis temporalibus Flandrie, quociens casus ad
hoc se obtulit, prestando solummodo cautionem de expensis
factis et faciendis ab illis qui faciunt inquestas, et labore seu
salario clerici qui eas scribit, solvendis ab eisdem si subcum-
bant, vos dictum Visage de Maude, civem Tornacensem, coram

---

(1) Pierre du Breucq (?)

vobis litigare volentem, et offerentem cautionem prestare predictam, nisi prestet cautionem de omnibus expensis solvendis
si subcumbat, ad litigandum et agendum recusatis admittere,
ipsos impedientes et perturbantes super possessione predicta
indebite et de novo.

Quare mandamus vobis quatinus si, vocatis evocandis, vobis
constiterit ita esse, ab impedimento et perturbatione predictis
desistentes, dictum civem ad agendum et litigandum, prestando cautionem predictam prestari solitam, admittatis, prout
fuerit rationis; non inferentes nec inferri permittentes eisdem
super hiis indebitam novitatem.

Actum apud Sanctum Audoenum (1), prope Sanctum-Dyo-
nisium, die xii^a augusti, anno Domini M° CCC° undecimo.

Tournai, *Archives communales;* Chartrier, layette
de 1311. — En vidimus original sur parchemin,
scellé sur double queue, en cire verte, délivré par
le prévôt de Paris, le samedi veille de la mi-août
1311.

XCI.

Saint-Ouen, 13 août 1311.

Philippe le Bel mande au bailli de Vermandois d'imposer au
comte de Hainaut le respect des privilèges dont jouissent
les marchands qui fréquentent la foire de Tournai, et d'exi-
ger de lui qu'il fasse rendre à certains Gantois les mar-
chandises qui leur ont été injustement enlevées par ses
officiers.

Philippus, Dei gratia Francorum rex, ballivo Viromandensi (2), salutem.

Significaverunt nobis prepositi et jurati ville Tornacensis,
quod cum nos concesserimus eisdem nundinas liberas apud
Tornacum certa die tenendas, ita quod nullus ad dictas nundinas accedens vel de eis recedens, nec bona sua possint arrestari

(1) Saint-Ouen, Seine, canton de Saint-Denis.
(2) Fremin de Coquerel.

vel capi (1); dilectus et fidelis noster comes Hanonie(2), per se aut gentes suas, bona quorundam mercatorum de Gandavo de dictis nundinis recedentium, contra libertatem dictarum nundinarum, cepit et capta detinet indebite et de novo, in dampnum et prejudicium non modicum prepositorum et juratorum ac mercatorum predictorum.

Quare mandamus tibi, quatinus si, vocatis evocandis, tibi constiterit ita esse, dictum comitem ut dicta bona eisdem mercatoribus reddat, et desistat ab inferendo indebitam novitatem in prejudicium dictorum prepositorum et juratorum in dictis nundinis, contra earum libertatem, per captionem bonorum dicti comitis in regno nostro existentium compellas previa ratione.

Actum apud Sanctum Audoenum (3), die XIIIª augusti, anno Domini Mº CCCº undecimo.

Tournai, *Archives communales;* Chartrier, layette de 1311. — Original sur parchemin, scellé sur simple queue, en cire blanche.

XCII.

Montargis, 28 janvier 1312 (n. st.).

Philippe le Bel mande au bailli d'Amiens de faire respecter le droit que possèdent les Tournaisiens de ne pouvoir être dépouillés de leurs biens meubles, sur les terres de la dame de Leuze et de Condé, sans un jugement des échevins de Saint-Brice à Tournai.

Philippus, Dei gratia Francorum rex, baillivo Ambianensi (4), salutem.

---

(1) Cf. la charte du 12 juin 1287, publiée ci-dessus, nº V.

(2) Guillaume Iᵉʳ, le Bon.

(3) Saint-Ouen, Seine, canton de Saint-Denis.

(4) Pourquoi le roi ne s'adresse-t-il pas au bailli de Vermandois? Serait-ce parce que la dame de Leuze et de Condé, Catherine de Carency, habitait dans le ressort du bailliage d'Amiens?

Prepositi et jurati ville Tornacensis, suo et communitatis habitantium ejusdem nomine, nobis conquesti sunt, quod licet ipsi a tempore a quo non extat memoria, seu a tanto quod sufficit ad saisinam legitimam acquirendam, sint in possessione pacifica quod catalla seu bona mobilia burgensium dicte ville capi vel arrestari in terra domine de Condeto et de Lutosa non possunt, nisi per judicium scabinorum Sancti-Bricii dicte ville, ac hujusmodi libertate, virtute etiam cujusdam carte sue a nobis ut asserunt confirmate (1), usi fuerint hactenus pacifice et quiete. Nichilominus, gentes dicte domine plurima bona mobilia quorumdam burgensium dicte ville Tornacensis arrestarunt illicite, et in prejudicium dictorum conquerentium, eos perturbando in libertate et saisina predictis indebite et de novo.

Quare mandamus tibi quatenus, vocatis evocandis, si inveneris ita esse, predictis burgensibus impedimentum et perturbationem hujusmodi amoveri facias, eosque predicta libertate et saisina gaudere ut ad te pertinuerit, non permittens sibi in hac parte novitates indebitas irrogari.

Datum apud Montemargi (2), die xxviiiᵃ januarii, anno Domini Mᵒ CCCᵒ undecimo.

Tournai, *Archives communales*; Chartrier, layette de 1311. — En vidimus original sur parchemin, jadis scellé sur double queue, délivré par le prévôt de Paris, le jeudi après la Chandeleur (3 février) 1312 (n. st.).

-----

(1) Nous ne connaissons pas cette charte royale; mais on peut rapprocher le présent mandement de celui du 27 novembre 1306 publié ci-dessus, nᵒ LXXIV.

(2) Montargis, chef-lieu d'arrondissement du Loiret.

XCIII.

Montargis, 28 janvier 1312 (n. st.).

Philippe le Bel mande au bailli de Lille de convoquer les barons de la châtellenie de Tournai, dont le concours est nécessaire pour déshériter la dame de Mortagne de la rente annuelle de 110 livres parisis vendue par elle à la ville de Tournai, et pour transmettre à cette ville la propriété régulière de ladite rente.

Philippus, Dei gratia Francorum rex, ballivo Insulensi (1), vel ejus locum tenenti, salutem.

Cum ex parte prepositi, juratorum et communitatis ville Tornacensis, fuerit nobis datum intelligi, quod cum ipsi centum et decem libras parisiensium reddituales, quas domina de Mauritania supra villa de Bruleoi (2) singulis annis habebat, de feodo comitis Flandrensis moventes, de consensu comitis ejusdem comparaverint ab eadem, ipsique in hujus possessione, de patrie consuetudine, nisi per barones castellanie Tornacensis, qui pro majori parte tue sunt, ut dicitur, jurisdictioni subjecti, in quorum etiam manibus prius opportet dictam dominam de dicto redditu desheredari, nequeant introduci.

Vobis idcirco mandamus, quatenus si, vocatis evocandis, de premissis emptione et consensu dicti comitis vobis constiterit, dictos barones tue jurisdictioni subjectos, qui ad hec de patrie consuetudine sufficient, ad certam diem predictis emptoribus et domine super hoc assignatam, coram vobis evocetis et faciatis adesse, recepturos a dicta domina desheredationem de

---

(1) Pierre du Breucq.
(2) Le Bruille, un des quartiers de la ville de Tournai.

redditu supradicto, et heredaturos dictos emptores juxta
patric consuetudinem de eodem. Ipsos vero emptores, pro
racato in quo nobis ex emptione dicti redditus possent teneri,
ullatenus mollestetis, illud namque eisdem omnino remissimus
de gratia speciali.

Actum apud Montemargi (1), die xxviij[a] januarii, anno
Domini M° CCC° undecimo.

> Tournai, *Archives communales;* Chartrier, layette
> de 1311. — En vidimus dans une lettre originale
> sur parchemin, scellée sur lacs de soie rouge de
> quatre sceaux en cire brune, et datée de Lille, le
> jour de la Saint-Pierre en février (mardi 22) 1312
> (n. st.), où le bailli de Lille rend compte de l'exécu-
> tion de notre mandement du 28 janvier.

XCIV.

Paris, jeudi 2 mars 1312 (n. st.).

Philippe le Bel publie un arrêt du parlement de Paris, por-
tant que l'ex-châtelain d'Ath, Jean de Dour, cité par-devant
le parlement par les Tournaisiens, ayant fait défaut par
deux fois déjà, sera cité une troisième fois, mais qu'alors
il sera statué sur son cas, qu'il soit ou non défaillant (2).

Philippus, Dei gratia Francorum rex, universis presentes
litteras inspecturis, salutem.

Notum facimus quod cum ad instantiam civium et communis
Tornacensis, ac Willermi dicti de Boukaut, fratris Egidii dicti
de Boukaut, interfecti seu combusti, Johannes dictus de
Dours, quondam castellanus de Ath, ad diem ballivie Viromandensis nostri presentis parlamenti coram nobis, seu coram
gentibus nostris Parisius fuerit adjornatus, visurus et audi-
turus judicari comodum quorundam defectuum, in quibus

---

(1) Montargis, Loiret.

(2) Cf. à ce sujet les chartes des 10 décembre 1308, 14 décembre
1309, etc., publiées ci-dessus, n°[s] LXXXIII et suivants.

ipse in nostris ultimo preteritis parlamentis fuit positus ad instantiam predictorum, et processurus alias ut jus esset, cum intimatione quod, sive veniret, sive non, contra ipsum ut jus esset procederetur, ejus absentia non obstante, et non comparuerit dicta die, procuratoribus dictorum civium, communis et Willermi comparentibus et expectantibus contra eum, ac petentibus sibi adjudicari comodum dictorum defectuum, videlicet quod per Curiam nostram reputaretur culpabilis, et convictus de facto et de criminibus propter que captus tenebatur in Castelleto nostro Parisius, quando fuit per dictam nostram Curiam recreditus, et quod per ipsam Curiam nostram condempnaretur, et contra ipsum condempnatum procederetur eo modo quo de ratione et consuetudine procedi debet.

Tandem ipsorum civium, communis ac Willermi petitione audita, et attento per Curiam nostram quod in factis criminalibus est maturius quam in aliis casibus procedendum, prefatus Johannes per arrestum dicte nostre Curie fuit iterum positus in defectu, et dictum fuit quod iterato adjornabitur super dictis comodis, et ulterius processurus ut jus erit ad diem ballivie Viromandensis nostri futuri proximo parlamenti, cum intimatione quod nisi venerit, Curia nostra contra eum procedet ut fuerit rationis.

In cujus rei testimonium, presentibus litteris nostrum fecimus apponi sigillum.

Actum Parisius, in parlamento nostro, die jovis ante dominicam qua cantatur Letare Jerusalem, anno Domini M° CCC° undecimo, sub sigillo Castelleti in absentia magni sigilli nostri.

Sur le repli :) Per arrestum Curie. Perellis.

Tournai, *Archives communales;* Chartrier, layette de 1311 (1). — Original sur parchemin, scellé sur double queue, en cire verte.

---

(1) La dernière note de la charte publiée ci-dessus, n° VIII, s'applique aussi à la présente.

XCV.

Paris, juin 1312.

Philippe le Bel vidime et confirme l'acte en vertu duquel le
bailli de Lille a déshérité la dame de Mortagne d'une rente
vendue par elle à la ville de Tournai, et a investi cette ville
de la propriété de ladite rente

Philippus, Dei gratia Francorum rex.

Notum facimus universis, tam presentibus quam futuris,
nos infrascriptas litteras vidisse, formam que sequitur continentes :

« A touz ceus qui ces présentes lettres verront et orront,
Pierres dou Broeuc, chevaliers » etc.

(Suit le texte d'une lettre datée de « l'an de grâce Nostre
Seigneur Jhesu Crist, mil trois cenz et onze, le jour saint Pierre
en février, en la Sale à Lille, » par laquelle Pierre du Breucq,
bailli de Lille, constate que la dame de Mortagne est déshéritée
de la rente qu'elle a vendue à la ville de Tournai, et que cette
ville est régulièrement investie de la propriété de ladite
rente) (1).

Nos igitur premissa omnia et singula laudamus, volumus,
approbamus, ac tenore presentium, ex certa scientia, auctoritate regia confirmamus, salvo in aliis jure nostro et in omnibus
jure quolibet alieno.

Quod ut firmum et stabile permaneat in futurum, presentibus litteris nostrum fecimus apponi sigillum.

---

(1) Cf. l'acte du 28 janvier 1312, publié ci-dessus, n° XCIII.

Actum Parisius, mense junio, anno Domini millesimo trecentesimo duodecimo.

Sur le repli :) Per magistrum Girardum de Courtimna. Jac. Facta est collatio per me Jac.

Tournai, *Archives communales;* Chartrier, layette de 1312. — Original sur parchemin, scellé sur lacs de soie verte et rouge du grand sceau royal en cire verte (1).

XCVI.

Paris, 14 juin 1312.

Philippe le Bel mande au bailli de Vermandois de faire une enquête au sujet de la saisie effectuée contrairement aux privilèges des habitants de Tournai, par les magistrats communaux de Saint-Quentin, de la guède achetée par un Tournaisien dans leur ville (2).

Philippus, Dei gratia Francorum rex, ballivo Viromandensi (5), vel ejus locum tenenti, salutem.

Conquesti sunt nobis prepositi et jurati Tornacenses, quod cum ipsi, communia et singulares persone dicte ville, sint et fuerint ab antiquo in possessione pacifica, mercaturas quascunque, emendo qualitercunque apud Sanctum-Quintinum in Viromandia, exercendi absque prestatione coustumie vel tallie aut exactionis cujuscunque; major et scabini de Sancto-Quintino, gaidiam quam Jacobus Colemer et quidam alii in

---

(1) Il y a une copie de cette charte à Paris, aux Archives nationales, dans le Registre JJ. 48, n° 57.

(2) Cf. à ce sujet les actes de juillet 1288 et de mai (?) 1290, publiés ci-dessus, n°s VII et XIV, et l'acte du 21 juin 1312, publié ci-après, n° XCVII.

(5) Fremin de Coquerel.

dicta villa de Sancto-Quintino emerant et apud Tornacum
ducere intendebant, ratione cujusdam tallie quam super
dictam gaidiam petebant, arrestari fecerunt, impediendo et
perturbando ipsos prepositum et juratos in eorum possessione
predicta indebite et de novo.

Unde tibi mandamus quatinus si, vocatis evocandis, tibi constiterit ita esse, impedimentum, perturbationem et novitatem
predictam facias penitus amoveri. Et si super hoc inter partes
oriatur debatum, ipso ad manum nostram tanquam superiorem
posito, et ressaisina per ipsam manum nostram facta, primitus
facias super hoc fieri inter partes justicie complementum.

Datum Parisius, xiiii° die junii, anno Domini M° CCC° duodecimo.

Tournai, <i>Archives communales;</i> Chartrier, layette
de 1312. — Original sur parchemin, scellé sur
simple queue, en cire blanche.

XCVII.

Paris, mercredi 21 juin 1312.

*Philippe le Bel rappelle les termes de l'arrêt du parlement de
Paris en date du mois de juillet 1288, confirmant le privilège des Tournaisiens de commercer à Saint-Quentin sans
payer de taxe (1).*

Philippus, Dei gratia Francorum rex, universis presentes
litteras inspecturis, salutem.

Notum facimus quod, anno Domini millesimo trecentesimo
duodecimo, die mercurii ante nativitatem beati Johannis-Bap-

---

(1) Cf. ci-dessus, n° VII, l'arrêt en question de juillet 1288.

tiste, extrahi fecimus de registris parlamentorum Curie nostre judicatum quoddam, per ipsam Curiam nostram factum in parlamento Penthecostes quod fuit anno Domini millesimo ducentesimo octogesimo octavo, cujus judicati tenor sequitur in hec verba :

« Cum discordia mota esset inter prepositum et juratos de Tornaco, ex una parte, et majorem et juratos Sancti-Quintini ex altera, super eo quod predicti prepositus et jurati de Tornaco dicebant se esse in saisina vendendi apud Tornacum, et in aliis villis extra villam Sancti-Quintini, omnes nummatas et averia et precipue guesdam jacentia in villa Sancti-Quintini, libere sine tallia solvenda burgensibus Sancti-Quintini; propter quod predicti prepositus et jurati de Tornaco petebant fidejussores liberari quos prestiterat Rogerus Waleran, burgensis Tornacensis, pro recredentia sue guesde jacentis apud Sanctum-Quintinum, arrestate ibidem per majorem et juratos Sancti Quintini pro tallia, quam vendiderat apud Tornacum cuidam burgensi de Tornaco, dictis majore et juratis Sancti-Quintini in contrarium asserentibus et dicentibus se esse in saisina habendi talliam de omnibus nummatis jacentibus apud Sanctum-Quintinum, ubicunque contingeret illas vendi, in villa Sancti-Quintini sive extra. Tandem visa inquesta super hoc facta, et inspectis cartis ex parte burgensium Sancti-Quintini exhibitis, judicatum fuit dictos prepositum et juratos de Tornaco remanere debere in saisina sua predicta, et fidejussores quos prestiterat dictus Rogerus, burgensis Tornacensis, pro recredentia sue guesde arrestate apud Sanctum-Quintinum pro tallia, debere liberari ».

In cujus extractus testimonium, presentibus litteris nostrum fecimus apponi sigillum.

Actum Parisius die et anno predictis.

Tournai, *Archives communales*; Chartrier, layette de 1312. — Eu vidimus original sur parchemin, délivré par le prévôt de Paris, le vendredi veille de la fête Saint-Jean-Baptiste (23 juin) 1312.

XCVIII.

Paris, 15 octobre 1312.

Philippe le Bel mande au bailli de Vermandois de faire une
enquête sur les agissements du seigneur d'Antoing, qui
sont, à ce qu'on dit, de nature à entraver la navigation des
Tournaisiens sur l'Escaut.

Philippus, Dei gracia Francorum rex, ballivo Viromandensi (1), salutem.

Prepositi et jurati Tornacenses nobis exponi fecerunt, quod
cum ipsi et predecessores sui sint et fuerint in possessione
pacifica, a tempore a quo memoria non existit, tenendi et
teneri faciendi ripperiam de l'Escaut, a Valencenis ad Ripper-
monde (2), apertam, et impedimenta et novitates indebitas, in
dicta ripperia per dominos feodales vel alios quoscunque de
novo appositas, quotiens ad notitiam eorum pervenit, amoveri
faciendi; nichilominus, dominus de Antoing, per se vel gentes
suas plures in eadem ripperia novitates indebitas fieri fecerit
de novo, plancas in dicta ripperia existentes plus debito ele-
vando, et alias multipliciter excedendo, propter quod ascensus
et descensus navium et mercaturarum ibidem transseuntium
multimode impeditur, in ipsorum et rei publice non modicam
lesionem

Quocirca mandamus tibi quatenus si, vocatis ipsis partibus
et aliis evocandis, constiterit de predictis, impedimenta et novitates hujusmodi que et quas in ripperia predicta, in rei publice

_____

(1) Fremin de Coquerel.
(2) Rupelmonde, Flandre orientale, arrondissement de Saint-
Nicolas.

prejudicium, facere inveneris, summarie et de plano faciens amoveri, cursum dicte ripperie antiquum non permittas aliquatenus impediri (1).

Actum Parisius, die xv^a octobris, anno Domini M° CCC° duodecimo.

> Tournai, *Archives communales* ; Chartrier, layette de 1312. — Original sur parchemin, scellé sur simple queue, en cire blanche.

XCIX.

Paris, décembre 1312.

Philippe le Bel publie un arrêt du parlement de Paris, déclarant que l'édit promulgué chaque année par les magistrats communaux de Tournai contre les meurtriers, et pour la protection des bourgeois, doit profiter également aux chanoines et aux clercs Tournaisiens (2).

Philippus, Dei gratia Francorum rex, universis presentes litteras inspecturis, salutem.

Notum facimus, quod cum dudum decanus et capitulum ecclesie Tornacensis, de nostra speciali gardia existentes, a nostra Curia supplicando petiissent, ut cum singulis annis cives Tornacenses ederent bannum et facerent in civitate Tornacensi, quod quicumque interficeret civem suum, seu filium civis civitatis ejusdem, infra districtum ipsius civitatis vel extra ubicumque, ab ipsa civitate perpetuo bannitus existeret, de

---

(1) Il faut rapprocher ce mandement de celui du 25 novembre 1306, publié ci-dessus, n° LXXIII.

(2) Le texte de cette charte doit être comparé avec celui des documents publiés ci-dessus, n°s XXXVI et XXXVIII.

canonicis et clericis ipsius civitatis nulla omnino in dicto banno
habita mencione, licet ipsi cives secundum tenorem litterarum
suarum exhibitarum tunc coram dicta Curia nostra, tantum
de uno canonico vel clerico injuriam passo civitatis ejusdem,
quantum de uno cive suo facere tenerentur, propter quod
eosdem canonicos et clericos contingebat multis mortis periculis subjacere, dictos cives, prepositos, juratos et alios rectores
civitatis Tornacensis, ad ponendum ipsos canonicos et clericos
in dicto banno, quandocumque ipsum fieri contingeret, compellere dignaremur; et tandem, auditis que ambe partes hinc
inde, pro et contra, super premissis proponere voluerunt,
fuisset, ipsis partibus presentibus, per dicte Curie nostre judicium ordinatum et pronunciatum, dictos canonicos et clericos
in prefato banno, sub modo et forma quibus cives Tornacenses
ponebantur, poni debere et ex tunc in antea esse ponendos.

Et postmodum nobis fuisset, ex parte ipsorum decani et
capituli, intimatum, quod dicti cives, post predictum judicatum,
formam dicti banni mutantes in fraudem, de interfectis extra
districtum suum in banno suo omiserant facere mencionem,
nostro predicto judicio non parendo; quare petebat procurator
dictorum decani et capituli dictos cives compelli ad parendum
ipsi judicio, et ad illud tenendum et servandum; et auditis
hinc inde propositis, per nostram Curiam fuisset pronunciatum, et predicti cives fuissent ad hoc condempnati, quod
ipsi dictum bannum facerent secundum formam supradictam,
ac canonicos et clericos ecclesie et civitatis Tornacensis inclu-
derent in eadem, et de ipsis in dicto banno expressam facerent
mencionem, prout in judicatis Curie nostre super predictis
confectis plenius continetur.

Nuperque, ex parte ipsorum decani et capituli in nostra
Curia propositum extitit conquerendo, quod dicti cives Tornacenses contra tenores judicatorum predictorum, in ipsorum
decani et capituli prejudicium, veniendo et ea non servando

secundum eorundem continencias et tenores, nonnisi canonicos et clericos in civitate predicta Tornacensi residentes, in suo
banno predicto, cum illud fieri faciunt, comprehendunt, quamquam omnes et singuli canonici et clerici dictarum ecclesie et
civitatis Tornacensis, tam residentes quam absentes, ubicumque
maneant vel existant, in dicto banno, ut ipsi decanus et capitulum asserebant, prout et cives ac filii civium Tornacensium
debeant comprehendi; dictis civibus plures in contrarium
proponentibus rationes.

Demum, auditis hinc inde propositis, ac visis judicatis predictis Curie nostre super premissis alias factis, per nostre
Curie fuit judicium declaratum et declarando pronunciatum,
canonicos et clericos dictarum ecclesie et civitatis Tornacensis,
tam residentes quam absentes, ubicunque maneant vel existant, debere in banno hujusmodi comprehendi, et ad ipsos
comprehendendum et declarandum in ipso banno, sicut et
cives et filios civium civitatis Tornacensis prefate, dictos cives
Tornacenses dicta nostra Curia condempnavit.

In cujus rei testimonium, presentibus litteris nostrum fecimus apponi sigillum.

Actum Parisius, anno Domini millesimo trecentesimo duodecimo, mense decembri (1).

Sur le repli :) Per judicium Curie, Perellis. Duppl.

> Tournai, *Archives communales;* Chartrier, layette
> de 1312. — Original sur parchemin, scellé sur lacs
> de soie verte et rouge du grand sceau royal en cire
> verte.

---

(1) Le dispositif de cet arrêt a été publié par le comte Beugnot,
dans *Les Olim,* t. II, pp. 558 et 559, avec la date *Veneris post sanctum
Nicolaum hyemalem mense decembri,* c'est-à-dire le 8 décembre. Notre
charte est donc postérieure au 8 décembre 1312.

C.

1313? ou 1314.

*Arrêt du parlement de Paris, qui annule une enquête faite,
à la demande des prévôts et jurés de Tournai, sur l'obliga-
tion où ils sont de donner caution quand ils intentent une
action devant les tribunaux des seigneurs temporels de
Flandre (1).*

Inquesta ad instanciam prepositorum et juratorum ville
Tornacensis facta, super saisina certe caucionis prestande
quando ipsi agunt coram dominis temporalibus Flandrie, etc.,
anullata fuit, prout continetur in rotulo hujus parlamenti, et
precepit Curia quod partes super hoc, si voluerint, in parlamento presenti faciunt facta sua. Postea vero Curia continuavit
negocium in statu ad aliud parlamentum.

Paris, *Archives nationales;* Registre Olim IV. f° 374ª (2).

CI.

Paris, 17 mars 1314 (n. st.).

*Philippe le Bel commet Pierre de Galard pour prendre pos-
session de la châtellenie de Tournai, récemment acquise
par le roi, des héritiers de la dame de Mortagne; et lui
donne pleins pouvoirs pour recevoir et prêter les serments
que tout nouveau châtelain recevait ou prêtait à son entrée
dans Tournai.*

Datum Parisius, xvijª die martii, anno Domini M° CCC° XIIJ°.

Tournai, *Archives communales;* Registre 39,
f° VIIIᵇⁱˢ ᵇ. — Copie du XIVᵉ siècle d'après
un vidimus de Pierre de Galard en date du
21 mars 1314 (3).

---

(1) Cf. à ce sujet le mandement du 12 août 1311, publié ci-dessus,
n° XC.

(2) Cet arrêt a été publié par le comte BEUGNOT, dans *Les Olim,*
t. III, p. 950.

(3) Cette charte a été publiée par POUTRAIN, *Histoire de Tournai,*
t. II, p. 636.

CII.

Arras, 30 juin 1314.

Philippe le Bel mande au gouverneur de Lille de laisser aux prévôts et échevins de Tournai le soin de juger deux Tournaisiens, Colard des Sauz et Vincent de le Bare, qui relèvent de la juridiction de la commune de Tournai.

Philippus, Dei gratia Francorum rex, Petro de Brolio (1), militi, gubernatori nostro Insulensi, salutem.

Conquesti sunt nobis prepositi et scabini Tornacenses, quod vos virtute quarumdam litterarum nostrarum vobis ad instantiam Egidii de Egremonte directarum, continentium quod, super requesta ipsius Egidii quam vobis sub contrasigillo nostro mittebamus inclusam, faceretis, prout ad vos pertineret, justicie complementum, Colardum des Sauz, boulengerium, et Vincentium de le Bare, cives Tornacenses, dictorum prepositorum et juratorum alto et basso justiciabiles, et in eorum jurisdictione cubantes et levantes, coram vobis adjornari fecistis, super dicta requesta processuri in ipsorum grande prejudicium et gravamen;

Unde vobis mandamus quatenus si, vocatis evocandis vobis constiterit ita esse, dictos Colardum et Vincentium, super casibus ad jurisdictionem dictorum et scabinorum pertinentibus, coram vobis respondere non cogatis, sed ipsos ad eorum examen remittatis.

Datum Attrebati, ultima die junii, anno Domini M° CCC° quarto decimo.

Tournai, *Archives communales;* Chartrier, layette de 1314. — Original sur parchemin, scellé sur simple queue, en cire blanche.

---

(1) Serait-ce le même que Pierre du Breucq, que nous avons vu bailli de Lille en 1312? Cf. ci-dessus les actes n°ˢ XCIII et XCV.

PHILIPPE LE BEL

ET

LES TOURNAISIENS

PHILIPPE LE BEL

ET

LES TOURNAISIENS

PAR

Armand d'HERBOMEZ

ARCHIVISTE-PALÉOGRAPHE

BRUXELLES

HAYEZ, IMPRIMEUR DE L'ACADÉMIE ROYALE DES SCIENCES
DES LETTRES ET DES BEAUX-ARTS DE BELGIQUE
Rue de Louvain, 112

—

1893-97

Extrait des tomes III, n° 1, et VII, n° 1, 5ᵉ série, des *Bulletins de la Commission royale d'histoire de Belgique.*

PREUVES SUPPLÉMENTAIRES.

Dans le mémoire sur les relations du roi Philippe le Bel avec les Tournaisiens, qui se trouve imprimé au tome III de la 5ᵐᵉ série des *Bulletins de la Commission royale d'histoire de Belgique,* nous avons exprimé l'espoir qu'il se retrouverait quelque jour, dans le grenier des Archives de Tournai, un certain nombre d'actes de Philippe le Bel. Ce jour-là, écrivions-nous en 1893, « il y aura à ajouter un supplément au recueil qu'il nous est donné de mettre au jour en ce moment ».

Notre hypothèse s'est réalisée. Depuis un an, sous l'intelligente impulsion du nouvel archiviste de la ville de Tournai, M. Hocquet, un récolement général du riche dépôt des Archives communales a été fait avec soin. Il a donné les résultats auxquels on devait s'attendre, et a fait surgir notamment dix-neuf chartes inédites du roi Philippe le Bel. De plus, les originaux de trois chartes que nous ne connaissions en 1893 que par des copies, se sont retrouvés dans les Archives de Tournai. Ce sont les originaux des Preuves VII, XLI et LXXIX de notre mémoire. Ces documents, de même que tous ceux que nous avons jadis indiqués comme se trouvant dans des *Cartons à clas-*

13

ser, ont pris leur place dans les layettes de ce qu'on appelle, aux Archives communales de Tournai, le *Chartrier*.

Grâce à l'activité et à la bienveillance de M. Hocquet, nous sommes donc en état de soumettre à la Commission royale d'histoire un supplément aux Preuves du mémoire qu'elle a bien voulu accueillir il y a trois ans. Ce supplément se compose de vingt-quatre chartes, bien que le dépôt des Archives de la ville de Tournai ne nous en ait fourni que dix-neuf. Cela tient à ce que de nouvelles recherches à Bruxelles, aux Archives générales du royaume, à Mons, aux Archives de l'État, et à Tournai, dans les très belles archives de l'Administration des hospices, ont encore amené la découverte de cinq actes inédits de Philippe le Bel pour la ville de Tournai.

Nos vingt-quatre nouvelles chartes portent au chiffre vraiment exceptionnel de cent vingt-six, le nombre de ces actes tournaisiens du roi Philippe le Bel. Aucune de ces nouvelles chartes n'est d'importance majeure; aucune ne modifie les conclusions de notre mémoire; mais plusieurs d'entre elles apportent à l'itinéraire du roi des éléments nouveaux. Telles sont celles qui portent les numéros CVIII, CXII, CXXI et CXXII, notamment.

Le présent travail n'étant que le complément de celui que nous avons publié en 1893, on ne s'étonnera pas que les documents y soient numérotés à partir de CIII, ni qu'ils soient publiés d'après les mêmes règles et sur le même modèle que les CII preuves qui les précèdent.

CIII.

La Feuillie, octobre 1292.

Philippe le Bel confirme à la prieure et aux sœurs de l'hôpital de Marvis à Tournai, moyennant payement par elles d'une somme de 22 livres parisis, la propriété des diverses rentes qu'elles avaient acquises depuis quarante-six ans (1).

Philippus, Dei gratia Francorum rex.

Notum facimus universis tam presentibus quam futuris, quod cum priorissa et sorores domus hospitalis de Marviz in Tornaco, pro duodecim solidis parisiensium assignatis super quadam domo sita in parrochia Sancti Bricii (2); item pro triginta solidis artisiensium super quibusdam domibus sitis in parrochia Sancti Jacobi (3); item pro viginti solidis parisiensium assignatis in diversis locis; item pro quadraginta solidis parisiensium super certis locis in parrochia Beate Magdalene (3); item pro sex raseriis bladi sitis in parrochia de Markaig (4); item pro duabus raseriis et dimidia avene,

---

(1) Cf. la Preuve XX et la note 1 qui l'accompagne.

(2) La paroisse de Saint-Brice, à Tournai, sur la rive droite de l'Escaut, faisait partie du diocèse de Cambrai. L'hôpital de Marvis était dans cette paroisse.

(3) Les paroisses de Saint-Jacques et de Sainte-Marie-Madeleine, dans la Cité de Tournai, sur la rive gauche de l'Escaut, étaient du diocèse de Tournai.

(4) Marquain, Hainaut, arrondissement et canton de Tournai.

uno capone, et tertia parte unius denarii landunensium, assignatis in parrochia Sancti Genesii (1); item pro quadraginta sex solidis alborum assignatis super diversis curtillis, sive ortis, sitis in parrochia Sancti Bricii, et pro una domo sita juxta hospitale predictum, in loco ubi porta dicti hospitalis est fundata, acquisitis in feodo, retrofeodo, censivis seu allodiis nostris, a quadrag[inta et s]e[x] annis citra, sibi et hospitali predicto perpetuo remanendis cum magistro Evrardo Porion, canonico Suessionensi, et Lysiardo Le Jaune, cive Laudunensi, ad hoc deputatis pro nobis, finaverunt pro viginti duabus libr. paris. eisdem deputatis solutis, prout de hiis per ipsorum deputatorum patentes litteras nobis constat; nos eandem finationem ratam et gratam habentes, prefatis priorisse et sororibus concedimus quod predicta acquisita perpetuo teneant et habeant absque coactione vendendi vel extra manum suam ponendi, salvo in aliis jure nostro et jure quolibet alieno.

Quod ut firmum et stabile permaneat in futurum, presentibus litteris nostrum fecimus apponi sigillum.

Actum apud Foilleiam (2), anno Domini M° CC° nonagesimo secundo, mense octobri.

Tournai, *Archives de l'Administration des hospices;* Fonds de l'hôpital de Marvis, liasse des lettres d'octroi et d'amortissement. — Original sur parchemin, scellé sur lacs de soie verte et rouge du grand sceau royal en cire verte.

---

(1) Saint-Genois, Flandre occidentale, arrondissement et canton de Courtrai.

(2) La Feuillie, Seine-Inférieure, arrondissement de Neufchâtel-en-Bray, canton d'Argueil.

CIV.

La Feuillie, octobre 1292.

Philippe le Bel confirme à l'abbaye des Prés Porcins lez-Tour-
nai, moyennant payement par elle de 20 livres 12 deniers
parisis, la propriété des diverses rentes qu'elle avait
acquises depuis quarante-six ans (1).

Philippus, Dei gratia Francorum rex.

Notum facimus universis tam presentibus quam futuris,
quod cum abbatissa et conventus monasterii de Pratis juxta
Tornacum, ordinis Sancti Augustini, pro sexdecim solidis parisiensium super quadam domo et dimidio bonerio terre arabilis
sito in loco ubi dicitur A le Val; item pro triginta septem solidis parisiensium super uno bonerio jardini sito in loco dicto
A le Vigne; item pro sexdecim solidis parisiensium super
tribus domibus sitis in parrochia Magdalenes; item pro decem
solidis parisiensium super dimidio bonerio terre sito in parrochia supradicta; item pro quinquaginta solidis parisiensium
super quadam domo sita in parrochia Beate Marie; item pro

---

(1) Cf. la Preuve précédente, n° CIII, et les notes que nous y avons
jointes. La plupart s'appliquent également à la présente. Nous n'avons
pu identifier sûrement les lieux-dits A le Val, peut-être le Val d'Orcq,
et A le Vigne, qui vraisemblablement donnait son nom à la porte de
le Vigne, à Tournai. La paroisse de Notre-Dame était une de.celles de
la Cité de Tournai, sur la rive gauche de l'Escaut, et dans le diocèse
de Tournai, par conséquent.

viginti solidis parisiensium super quadam domo sita in eadem
parrochia; item pro quadraginta octo solidis parisiensium
super quadam domo sita in parrochia Beati Bricii, in vico de
Marvis; item pro octo solidis super quadam domo sita in parrochia Beate Marie Magdalene; item pro uno bonerio prati sito
in parrochia Beate Magdalene antedicte, et pro uno quarterio
terre sito in eadem parrochia, acquisitis tam per elemosinam
quam aliter in feodo, retrofeodo, censivis seu allodiis nostris,
a quadraginta sex annis citra, sibi et ecclesie sue perpetuo
remanendis, cum magistro Evrardo Porion, canonico Suessionensi, et Lysiardo Le Jaune, cive Laudunensi, ad hoc deputatis pro nobis, pro viginti libris et duodecim denariis parisiensium solutis pro nobis eisdem deputatis, finaverint; nos
eandem finationem de qua nobis constat per patentes litteras
dictorum magistri Evrardi et Lysiardi, ratam et gratam habentes, concedimus prefatis abbatisse et conventui quod predicta
acquisita perpetuo teneant et habeant absque coactione vendendi vel extra manum suam ponendi, salvo in aliis jure nostro
et jure quolibet alieno.

Quod ut firmum et stabile perseveret, presentibus litteris
nostrum fecimus apponi sigillum.

Actum apud Foilleiam, anno Domini millesimo CC° nonagesimo secundo, mense octobri.

Mons, *Archives de l'État ;* Fonds des Prés Porcins,
liasse 6020. — Original sur parchemin, jadis scellé
sur lacs de soie.

CV.

Paris, mardi 10 mai 1295.

*Philippe le Bel mande au bailli de Vermandois de soumettre
au parlement de Paris l'affaire des huit magistrats communaux de Tournai détenus à Saint-Quentin pour n'avoir
pas visé le doyen, le chapitre et les clercs de Tournai,
dans l'édit de bannissement que les magistrats de Tournai
promulguent chaque année contre les meurtriers des Tournaisiens (1).*

Philippus, Dei gratia Francorum rex, ballivo Viromandensi
salutem.

Conquesti sunt nobis prepositi et jurati Tornacenses, quod
quia ipsi, mandato tuo ad instantiam decani et capituli Tornacensis sibi facto, de banno similis forme quod annis singulis
pro civibus et filiis civium Tornacensium, in festo Ascensionis
Domini, faciunt proclamari, pro predictis decano, capitulo et
clericis Tornacensibus similiter proclamando, minime parue-
runt, prepositus Sancti Quintini octo de rectoribus civitatis
ejusdem apud Sanctum Quintinum detineret carceri man-
cipatos. Cum autem iidem prepositi et jurati asseruerint coram
nobis, quod in bannis hujusmodi de predictis decano, capitulo
et clericis mentionem fieri non fuerit hactenus consuetum,
mandamus tibi quatinus dictos captos cum bonis suis, si que
propter hoc sint saisita, sibi ipsis recredere non omitas, vice-
simam diem post recredentiam factam partibus ipsis coram
nobis assignans, vel diem ballivie tue futuri proximo parlamenti, si id dicti decanus et capitulum maluerint eligendum,

---

(1) Cf. les Preuves XXXVI, XXXVIII et XCIX.

processurus super banno predicto prout de jure fuerit faciendum.

Actum Parisius, die martis ante Ascensionem Domini, anno ejusdem M° CC° nonagesimo quinto.

Tournai, *Archives communales;* Chartrier, layette de 1295. — En vidimus original sur parchemin, scellé sur double queue, en cire verte, et délivré par le prévôt de Paris, Guillaume de Hangest, le mercredi veille de l'Ascension 1295.

CVI.

Paris, 19 octobre 1295.

Philippe le Bel invite le bailli de Vermandois à défendre à ses sergents de se rendre à Tournai pour l'exécution de certains jugements, si cette exécution peut aisément se faire ailleurs (1).

Philippus, Dei gratia Francorum rex, ballivo Viromandensi salutem.

Ex querimonia civium Tornacensium continente accepimus, quod tui servientes frequenter apud Tornacum accedunt, pro pluribus compulsionibus et executionibus in bonis vicinorum suorum faciendis, licet alibi in nostra jurisdictione bonorum hujusmodi copia valeat reperiri. Propter quod ipsi cives dictorum vicinorum malivolentiam pluries incurrerunt, et plura dampna et incommoda obinde habuerunt. Quocirca tibi mandamus, quatinus si alibi quam in dicta civitate bona in

---

(1) On peut rapprocher cette pièce de la Preuve LI.

quibus faciende sunt exccutiones et cohertiones hujusmodi possint comode reperiri, easdem fieri facias in eisdem.

Actum Parisius, nonadecima die octobris, anno Domini M° CC° nonagesimo quinto.

Tournai, *Archives communales;* Chartrier, layette de 1295. — Original sur parchemin, scellé sur simple queue, en cire blanche.

CVII.

Paris, 6 juin 1296.

Philippe le Bel enjoint au bailli de Vermandois de s'opposer par tous moyens à ce que le doyen et le chapitre de Tournai poursuivent Agnès d'Helemmes devant la juridiction ecclésiastique, à raison de faits dont la connaissance appartient au juge séculier (1).

Philippus, Dei gratia Francorum rex, ballivo Viromandensi salutem.

Si, vocatis evocandis, tibi constiterit decanum et capitulum Tornacense, Agnetem, dictam de Helemmes, trahere in causam coram judice ecclesiastico, super hiis de quibus cause cognitio ad forum seculare noscitur pertinere, mandamus tibi quatinus dictos decanum et capitulum, per captionem et detentionem suorum bonorum temporalium, si necesse fuerit, ad desistendum et cessandum ab hujusmodi molestatione compellas, prout ad te noveris pertinere.

Actum Parisius, sexta die junii, anno Domini millesimo CC° nonagesimo sexto.

Tournai, *Archives communales;* Chartrier, layette de 1296. — En vidimus original sur parchemin, jadis scellé sur simple queue, daté du jeudi après la fète des saints Pierre et Paul 1296, et délivré par Raoul de Bettencourt, prévôt de Saint-Quentin et de Ribemont (dans un procès-verbal d'exécution).

---

(1) Ce mandement peut être comparé utilement avec la Preuve XXX.

CVIII.

Tournai, lundi 9 septembre 1297.

Philippe le Bel vidime une charte de mai 1285, où Pierre,
seigneur de Guignies, donne à Aelis Le Visonne divers biens
à Guignies.

Philippus, Dei gratia Francorum rex, universis presentes
litteras inspecturis salutem.

Notum facimus nos litteras infrascriptas vidisse, formam
que sequitur continentes :

« Jou Pieres, cevaliers, sires de Guingnies, fach savoir à
tous » etc. [Suit le texte d'une charte datée de « l'an de l'incarnation Nostre Signeur mil deus cens quatre vins et ciunch,
el mois de mai », par laquelle ledit Pierre de Guignies donne
à *Aelis Le Visonne, de Ham viers Lille,* trois quartiers de
terre et une masure à Guignies (1).]

In cujus rei testimonium, sigillum nostrum fecimus presentibus hiis apponi.

Actum Tornaci (2), die lune post festum Nativitalis beate
Marie virginis, anno Domini M° CC° nonagesimo septimo.

Sur le repli :) Facta est collatio.

Tournai, *Archives de l'Administration des hospices;*
Carton A des actes divers. — Original sur parchemin, scellé sur double queue, en cire blanche.

---

(1) Guignies, Hainaut, arrondissement de Tournai, canton d'Antoing.

(2) La date de cette charte est des plus intéressantes, puisqu'elle
nous fait connaitre un événement que nous ignorions complètement
jusqu'ici : le séjour de Philippe le Bel à Tournai en septembre 1297.

CIX.

Paris, 11 novembre 1298.

Philippe le Bel déclare à Raoul de Clermont, connétable de France, que les Tournaisiens ne dépendent en rien des officiers royaux chargés du gouvernement de la Flandre, et qu'ils continuent de jouir de tous leurs droits et privilèges comme avant la dernière guerre contre les Flamands (1).

Philippus, Dei gratia Francorum rex, dilecto et fideli suo Radulpho de Claromonte (2), constabulario Francie, salutem et dilectionem.

Scire vos volumus, quod non est intentionis nostre, quod dilecti et fideles nostri, prepositi, jurati et cives Tornacenses, aut aliqui ex eisdem, consueti hactenus per ballivie nostre Viromendensis gubernari et justiciari ressortum, per gentes que pro nobis et nomine nostro deputate sunt ad regimen terre Flandrensis nobis acquisite, justicientur aut quomodo-libet gubernentur, quos gentibus ipsis vel aliis justiciariis novis subjacere nolumus, aut eis quaslibet in hac parte novi-tates inferri non debitas, vel privilegiis, franchisiis, seu con-suetudinibus eorum antiquis prejudicium generari.

Actum Parisius, in festo beati Martini byemalis, anno Domi-ni M° CC° nonagesimo octavo.

Tournai, *Archives communales*; Chartrier, layette de 1298. — En vidimus original sur parchemin, jadis scellé sur double queue, et délivré par le prévôt de Paris, Guillaume Thibout, le vendredi après la saint Martin d'hiver 1298.

---

(1) V. la charte de même date, adressée par le roi au bailli de Vermandois, et publiée sous le n° XLVII.

(2) Le connétable Raoul de Clermont, seigneur de Nesle, un moment chargé du gouvernement de la Flandre, fut tué à la bataille de Courtrai, le 11 juillet 1302.

CX.

Paris, vendredi 6 février 1299 (n. st.).

Philippe le Bel charge Jean de la Forest, chanoine de Bayeux, et le chevalier Robert de Resegnies, de recueillir, en vue des prochains jours du bailliage de Vermandois au parlement de Paris, les témoignages nécessaires à la solution du procès pendant en appel devant le dit parlement, entre Jaquemart Le Bouchier et les prévôts et jurés de Tournai(1).

Philippus, Dei gratia Francorum rex, dilectis magistro Johanni de Foresta, canonico Baiocensi, clerico, et Roberto de Resegnies, militi, fidelibus nostris, salutem.

Vobis presencium tenore committimus et mandamus, quatinus in causa appellationis que in Curia nostra vertitur inter Jacobum Carnificem, ex parte una, et prepositos et juratos Tornacenses, ex altera, probationes, vocatis evocandis, recipiatis, secundum articulos sub contrasigillo nostro clausos vobis ab ipsis partibus tradendos, easdem probationes ad dies ballivie Viromandensis proximo futuri pallamenti sub sigillis vestris interclusas fideliter remissuri.

Actum Parisius, die veneris post festum Candelose, anno Domini M° CC° nonagesimo octavo.

Sur la queue de parchemin :) Per Cameram.

Tournai, *Archives communales;* Chartrier, layette de 1298. — Original sur parchemin, jadis scellé sur simple queue.

---

(1) Cette pièce est à rapprocher de la Preuve XL.

CXI.

Paris, vendredi 28 août 1299.

Philippe le Bel interdit au bailli de Lille de faire payer aux Tournaisiens une part quelconque de l'amende à laquelle les gens de Tressin et autres lieux ont été condamnés pour incendie volontaire; il lui rappelle que les Tournaisiens ressortissent au bailliage de Vermandois, et lui ordonne de mettre à néant les actes que les sergents de Lille ont accomplis à Tournai (1).

Philippus, Dei gratia Francorum rex, ballivo Insulensi salutem.

Intelleximus quod cum homines villarum de Trefin, de Cirout, de Sin et de Aufeng (2), fenum cujusdam pascue sibi convicine ignis incendio devastassent, qui propter hujusmodi maleficium in certa pecunia (*sic*) quantitate, nomine emende, per gentes nostras nobis fuerint condempnati, tu nichilominus quosdam burgenses nostros de Tornaco, Viromandensis ballivie ressorto existentes, ad contribuendum in emenda predicta

---

(1) On peut comparer cette charte avec les Preuves XLVII, LI, LXXXII, CVI et CIX.

(2) Il est superflu de faire remarquer aux lecteurs de la présente charte que le vidimus qui nous la fait connaître est mauvais. Les noms de lieux, notamment, y ont été maltraités par le scribe. Nous croyons qu'il aurait fallu ici Tressin, Cirent, Sin et Ansteng, et qu'il s'agit de Tressin, Chéreng et Anstaing, trois communes du département du Nord, arrondissement de Lille, canton de Lannoy, et de Sin, hameau de la commune de Baisieux, située, comme les trois autres, dans le canton de Lannoy.

per bonorum suorum captionem compellis, pro eo quod ipsi burgenses in villis predictis possessiones obtinere dicuntur, licet, sicut accepimus, dicto maleficio non interfuerint, nec de consensu suo seu voluntate dictum maleficium fuerit perpetratum, nec habuerint ratum. Item, sicut ex parte ipsorum burgensium nobis est intimatum, tu de novo servientes nostros Insulenses in civitate Tornacensi et ejus districtu mittis et destinas, et per eos adjornationes, monitiones, et precepta illicita sepius in eorum prejudicium facere presumis, licet in eadem civitate et ejus districtu asserant se habere omnimodam altam et bassam justiciam, et ballivo Viromandensi, ut predictum est, non tibi ballivo Insulensi, sint subjecti.

Quare mandamus tibi quatenus, si est ita, burgenses predictos ad contribuendum in emenda predicta non compellas; bona ipsorum, si que propter hoc ceperis seu capi feceris, restituas eisdem; adjornationes, monitiones et precepta alia que dicti servientes Insulenses in predicta civitate et districtu serjantando fecerint, revoces et anulles, nec de talibus facere te de cetero intromittas.

Volumus quod dicti burgenses et alii Tornacenses ressorto ballivie Viromandensis subjaceant, prout aliter est fieri consuetum, et ballivo nostro Viromandensi, quantum ad premissa pertinet, efficaciter pareas et intendas, cui tenore presentium damus in mandamus (sic) quod, nisi premissa feceris, ea omnia in tuo defectu facere non omittat.

Actum Parisius, die veneris post festum beati Bartholomei apostoli, anno Domini M° CC° nonagesimo nono.

Tournai, *Archives communales*; Chartrier, layette de 1299. — En vidimus original sur parchemin, scellé sur double queue, en cire verte, délivré par le prévôt de Paris, Guillaume Thibout, le dimanche après la fête de saint Jean décollace 1299.

CXII.

Royaumont, samedi 9 juin 1302.

*Philippe le Bel ordonne au bailli de Vermandois de se rendre
à Tournai, pour y faire une enquête personnelle sur le point
de savoir si les prévôts et jurés de Tournai ont le droit de
rappeler dans leur ville, sans le consentement royal, les
gens qui en ont été bannis à perpétuité ou à temps (1).*

Philippus, Dei gratia Francorum rex, ballivo Viromandensi
salutem.

Mandamus tibi quatenus ad civitatem Tornacensem te personaliter conferens, et, vocatis evocandis, utrum prepositus et
jurati Tornacenses sint in possessione, vel quasi, suos a civitate
Tornacensi banitos in perpetuum vel ad tempus, nostra licen-
tia minime requisita, pro sue voluntatis libito revocandi, et ad
civitatem restituendi, vel non, et si sint, quo tempore, et si
sine aliqua interruptione fuerint, et de eorum circunstanciis
universis diligenter inquiras, inquestam quam super hoc
feceris, nobis infra instans festum Candelose relaturus, vel sub
sigillo tuo remissurus inclusam.

Actum in abbatia Regalis montis (2), in vigilia Penthecosten,
anno Domini Mº CCCº secundo.

> Tournai, *Archives communales ;* Chartrier, layette de
> 1302. — Original sur parchemin, scellé sur simple
> queue, en cire blanche.

---

(1) Cette charte se rapproche de la Preuve LV.

(2) Royaumont, Seine-et-Oise, arrondissement de Pontoise, canton
de Luzarches, commune d'Asnières-sur-Oise. Il s'y trouvait une
abbaye cistercienne, sous le vocable de Notre-Dame.

CXIII.

Vincennes, dimanche 28 octobre 1302.

Philippe le Bel adjuge aux Tournaisiens tous les biens meubles
qu'ils ont pu enlever aux ennemis du royaume; il leur
attribue également les prisonniers qu'ils ont fait à la
guerre, à l'exception des nobles et des Brugeois (1).

Philippus, Dei gratia Francorum rex, universis presentes
litteras inspecturis salutem.

Notum facimus quod nos volumus, et presentium tenore
concedimus dilectis et fidelibus nostris civibus Tornacensibus,
quod quecunque mobilia et se moventia super inimicos nostros
capere potuerunt et lucrari, sua sint, et res et corpora eorum
que capere potuerunt, et quod de eis ad suam possint dis-
ponere omnimodam voluntatem, corporibus nobilium et
illorum de Brugis, que dispositioni nostre reservamus, dum-
taxat exceptis.

In cujus rei testimonium, presentibus litteris nostrum fecimus apponi sigillum.

Actum apud Vicenas, dominica ante festum Omnium sanc-
torum, anno Domini Mº CCCº secundo.

Tournai, *Archives communales;* Chartrier, layette de
1302. — Original sur parchemin, jadis scellé sur
double queue.

(1) On rapprochera cette pièce de la Preuve XLV.

CXIV.

Saint-Germain-en-Laye, mercredi 8 mai 1303.

Philippe le Bel mande aux gardes des frontières du royaume, ainsi qu'à tous ses justiciers, de laisser acheter et transporter librement tous vivres et toutes denrées à destination de Tournai.

Philippus, Dei gratia Francorum rex, custodibus finnium regni nostri, et omnibus aliis justiciariis nostris ad quos presentes littere pervenerint, salutem.

Mandamus vobis et vestrum singulis, quatinus quecunque victualia et merces singularibus personis et communitati civitatis Tornacensis emere, et Tornacum ducere, per nostraque loca transire absque exactione pedagii, vinagii aut coustume, libere permittatis, recepta littera dicte civitatis signo ejusdem signatas, quod hujusmodi victualia et merces apud Tornacum ducentur.

Actum apud Sanctum Germanum in Laya, die mercurii post festum beati Johannis ante Portam Latinam, anno Domini M°. CCC°. tertio (1).

Tournai, *Archives communales*; Chartrier, layette de 1303. — Original jadis scellé sur double queue de parchemin.

---

(1) Sur la queue de parchemin, sous le sceau qui a disparu, se trouve une inscription, à peu près illisible maintenant, et où nous croyons voir : ... *os a Frax.*

CXV.

Pontoise, 9 octobre 1304.

Philippe le Bel mande au bailli de Vermandois de citer l'évêque de Tournai à comparaître au jour de son bailliage au prochain parlement, à l'effet de terminer les causes pendantes entre ledit évêque et les prévôts, jurés et gouverneurs de la ville de Tournai (1).

Philippus, Dei gratia Francorum rex, baillivo Viromandensi, vel ejus locum tenenti, salutem.

Mandamus vobis quatinus ad dilectum et fidelem nostrum episcopum Tornacensem, si infra vestram fuerit balliviam, alioquin ad ejus vicarium, seu ad officialem de quo copiam habere poteritis, per vos vel per alium accedentes apud Tornacum, ipsum episcopum adjornetis coram vobis ad diem vestre ballivie futuri proxime parlamenti, contra prepositos, juratos et rectores civivatis Tornacensis, resumpturum omnia airamenta a predecessoribus ipsius episcopi contra prefatos prepositos, juratos et rectores, et econverso, inchoata, necnon jus sive diffinitivam sententiam in causis justicie de Orka, et de cambio, campsoribus et domibus campsorum, in nostra Curia jamdudum agitatis, auditurum, si comode fieri possit, et super omnibus et singulis aliis que iidem prepositi, jurati et rectores contra ipsum episcopum proponere voluerint quod justum fuerit responsurum, facturumque et recepturum super hoc quod justicia suadebit.

Datum apud Pontisaram, die ixª octobris, anno Domini millesimo CCC° quarto.

Tournai, *Archives communales;* Chartrier, layette de 1304. — En vidimus original, scellé sur double queue de parchemin, en cire verte, délivré par le prévôt de Paris, Pierre Le Jumeau, le lundi après la fête de saint Denis 1304.

(1) Il est utile de rapprocher cette charte des Preuves LXII, LXXII et LXXV.

CXVI.

Paris, 1er mars 1307 (n. st.).

Philippe le Bel mande au bailli de Vermandois de terminer le conflit de juridiction qui existe entre le comte de Hainaut et les prévôts et échevins de Tournai.

Philippus, Dei gratia Francorum rex, ballivo Viromandensi salutem.

Ex parte dilecti et fidelis nostri, comitis Hanonie (1), nobis fuit expositum, quod cum prepositi et scabini Tornacenses nobis conquesti fuissent, in absentia dicti comitis, quod gentes ipsius comitis justiciando in quibusdam locis in quibus dicti prepositi et scabini justiciam omnimodam ad ipsos pertinere dicebant, plura eis gravamina indebita intulerant ; et nos super hoc dicto comiti nostras misissemus litteras (2), continentes quod ipse comes predicta faceret emendari ; et tibi etiam super hoc certum per nostras litteras fecissemus mandatum (3); dictusque comes nobis per suas litteras rescripsisset plures efficaces rationes et defensiones suas, per quas gentes sue predicta licite et sine alterius injuria fecisse poterant, tu dictam rescriptionem penes te retinuisti, et pendente tractatu inter ipsum et Flamingos apud Nivellam novissime habito (4),

(1) Guillaume Ier, le Bon.
(2) Allusion probable à la Preuve LXIX.
(3) Allusion probable à la Preuve LXX.
(4) Tous les historiens du comté de Hainaut, Vinchant, Delewarde et les autres, parlent de négociations engagées entre les comtes de Flandre et de Hainaut, relativement à la Zélande et aux terres contestées de Lessines et Flobecq, et font allusion à une trève conclue en 1306 à cette occasion. Mais personne jusqu'ici, à notre connaissance, n'a dit que cette trève, ou comme écrit le roi, ce traité, avait été signé à Nivelles. Il s'agit évidemment ici de Nivelles en Brabant.

unde fide data tunc exire non poterant, nisi demum finito tractatu, ad loca contentionis fuisti, et virtute processus ibi tunc per te, ipso comite ex causa predicta absente, ut dictum est, de bonis dicti comitis et terre ipsius capi fecisti, et capta tenes, quamquam offerat se paratum statim facere emendari quicquid compertum fuerit ipsum vel ejus gentes in hac parte indebite [fecisse], dum tamen ad hoc ipse competenter vocetur.

Unde tibi mandamus quatinus, ... st, facta dicto comiti de bonis sui comitatus propter hoc ex parte tua captis [recrede]ntia, ipsoque competenter vocato, quicquid per gentes suas in hac parte indebite factum inveneris, facias secundum formam aliarum litterarum nostrarum tibi super hoc directarum emendari, et ad debitum statum reduci.

Datum Parisius, prima die marcii, anno Domini M°. CCC°. sexto.

Tournai, *Archives communales*; Chartrier, layette de 1306. — En vidimus original sur parchemin, scellé sur simple queue, en cire brune, délivré par le bailli de Vermandois, Pierre Le Jumeau, le lundi avant la Nativité saint Jean-Baptiste 1307.

CXVII.

Villers-aux-Loges, 16 juin 1307.

Philippe le Bel mande au bailli de Vermandois de mettre un terme aux entreprises du comte de Hainaut contre les droits de justice des magistrats communaux de Tournai (1).

Philippus, Dei gratia Francorum rex, ballivo Viromandensi salutem.

Cum tibi per nostras alias litteras dederimus in mandatis ut excessus per dilectum nostrum comitem Hanonie, aut ejus

---

(1) Il convient de rapprocher ce mandement des Preuves LXIX, LXX, LXXVII, LXXVIII, LXXXI, LXXXIV-LXXXIX et CXVI.

gentes, ejus nomine, ipso ratum habente aut de mandato ipsius, contra dilectos nostros prepositos, juratos et cives Tornacenses commissos, ut dicitur, diruendo furcas ipsorum, alias furcas in eorum justicia erigendo, et suspendendo quendam hominem ad easdem, duosque homines in justicia dictorum civium capiendo, et de regno nostro in Imperium ducendo, ac quandam domum in predictorum civium justicia sitam, et quendam civem Tornacensem cum ejus uxore qui in ea existebant concremando de nocte, si de predictis excessibus tibi constaret, faceres emendari prout justicia suaderet, tuque hoc hactenus non feceris, prout ex parte ipsorum prepositorum, juratorum et civium nobis fuit iterato monstratum.

Ideoque mandamus tibi, quatenus mandatum nostrum predictum debite et celeri executioni demandans, juxta nostrarum predictarum continenciam litterarum, dictos excessus si tibi de ipsis legitime constiterit, emendari facias, non obstantibus litteris si que forsitan in contrarium fuerint impetrate, ipsumque comitem ad excessus hujusmodi emendandos, oportunis remediis compellere non differas previa ratione, taliter quod super hoc, ob defectum tuum, non sit ad nos decetero recursus habendus.

Actum in domo nostra de Villaribus (1), die xvi^a junii, anno Domini millesimo CCC°. septimo.

> Tournai, *Archives communales*; Chartrier, layette de 1307. — En vidimus original, scellé sur double queue de parchemin, en cire verte, délivré par le prévôt de Paris, Fremin de Coquerel, le vendredi avant la saint Jean-Baptiste 1307.

---

(1) Il n'est pas facile de reconnaître exactement ce Villers. Avec les rédacteurs du tome XXI du *Recueil des Historiens de France*, nous croyons qu'il s'agit de Villers-aux-Loges, localité située entre Marigny, canton d'Orléans, et Vennecy, canton de Neuville-aux-Bois. Cependant il n'est pas impossible que notre Villers puisse s'identifier avec Villereau-aux-Bois, Loiret, arrondissement d'Orléans, canton de Neuville-aux-Bois.

CXVIII

Philippe le Bel mande au bailli de Vermandois, et aux autres justiciers du royaume, de contraindre Jean de Dour à réparer les torts qu'il a causés aux Tournaisiens quand il était châtelain d'Ath (1).

Philippus, Dei gratia Francorum rex, ballivo Viromandensi, ac aliis justiciariis regni nostri ad quos presentes littere pervenerint salutem.

Ex parte dilectorum nostrorum, prepositorum et juratorum Tornacensium, accepimus quod cum Johannes de Dours, olim castellanus dilecti et fidelis nostri comitis Hanonie apud Ath, ratione sui officii, ut dicebat, nonnullos cyves Tornacenses, et quamplures dictorum cyvium censuarios, quos dicti cyves indempnes servare tenentur, cum multitudine armatorum, ad instantiam Egidii dicti Panart, condam cyvis Tornacensis, cepisset, et in prisoniam vinculis ferreis alligatos detrusisset, et magnum numerum pecorum et pecudum dictorum cyvium et censuariorum cepisset et explectasset indebite et de novo, in nostrum prejudicium, et dictorum prepositorum, juratorum et cyvium gravamen, gentes dicti comitis ex parte nostra requisiti ut premissa a dicto castellano perpetrata facerent reddi, restitui et emendari, factum dicti castellani deavoaverunt. Cum igitur idem Johannes de dicto comitatu in nostram jurisdictionem se transtulisse dicatur, mandamus vobis et vestrum cuilibet, quatinus si, vocatis evocandis, vobis constiterit

---

(1) Au sujet de Jean de Dour et de ses démêlés avec les Tournaisiens, il faut voir les Preuves LXXXIII et suivantes.

ita esse, dictum Johannem, ut de predictis per eum captis et asportatis restitutionem ad plenum dictis prepositis, juratis et cyvibus faciat, et dampna data resarciat, ac emendam condignam prestet, per captionem et detentionem corporis et bonorum compellatis, prout justum fuerit et ad vestrum quemlibet noveritis pertinere.

Actum Rothomagi, die xxviᵃ octobris, anno Domini Mᵒ CCCᵒ octavo.

Tournai, *Archives communales;* Chartrier, layette de 1308. — En vidimus original sur parchemin, scellé sur simple queue, en cire brune, délivré par Robert de Villenueve, bailli de Lille, le lundi après la Toussaint 1308.

CXIX.

Fontainebleau, 10 décembre 1308.

Philippe le Bel mande au bailli de Lille de faire arrêter et mener au Châtelet, à Paris, l'ancien châtelain d'Ath, Jean de Dour, qui se dit clerc pour éviter la punition de ses forfaits contre les Tournaisiens Gilles et Guillaume de Bouquaut (1).

Philippus, Dei gratia Francorum rex, ballivo Insulensi salutem

Conquestus est nobis Guillelmus de Bouquaut, civis Tornacensis, quod Johannes de Dours, olim castellanus de Ath, domum Egidii de Bouquaut, fratris ipsius Guillelmi, infra regnum nostrum consistentem, ac etiam ipsum Guillelmum et ejus uxorem pregnantem, cum bonis ipsorum in dicta domo consistentibus, ignis incendio concremavit, et quicquid de bonis domus ejusdem rapere potuit, secum absportavit, coadu-

---

(1) Au sujet de ce mandement, voyez la Preuve LXXXIII, et la note qui l'accompagne.

natis secum pluribus malefactoribus, suis complicibus in ha[c . parte]; et quod licet antea laicus semper fuisset in gestu et habitu, et pro [laico] haberetur, nunc tamen, ad effugiendam punitionem hujusmodi et aliorum d[elicto]rum, falso clericum se dicit, unde ut hujusmodi veritas possit melius perq[uiri], mandamus tibi quatinus ipsum, visis presentibus, Parisius in Castelleto, sub fideli custodia mittere non postponas.

Datum apud Fomtembliaudi, x* die decembris, [anno] Domini M°CCC° octavo.

Tournai, *Archives communales ;* Chartrier, layette de 1308. — En vidimus original, scellé sur simple queue de parchemin, en cire rouge, délivré par Robert de Villenueve, bailli de Lille, le lundi après la saint Nicaise 1308.

CXX

Poissy, lundi 2 juin 1309.

Philippe le Bel désigne un administrateur pour rétablir l'ordre dans les finances de l'abbaye de Saint-Martin, à Tournai.

Philippus, Dei gratia Francorum rex, universis presentes litteras inspecturis salutem

Notum facimus quod cum ex parte religiosorum virorum, abbatis et conventus monasterii Sancti Martini Tornacensis, nobis fuerit humiliter supplicatum, ut cum ipsi et eorum monasterium, propter guerras Flandrenses, debitorum oneribus et aliis gravaminibus variis sint oppressi, nec ab hujusmodi oppressionibus, licet nonnullos redditus super bona ipsius monasterii pluribus personis ad vitam eorum propter hec vendiderint, valeant relevari sine ejusdem monasterii alienatione possessionum enormi, vellemus sibi super hoc de oportuno remedio providere; nos alienationem hujusmodi vitare volentes, ne cultum divinum in eodem monasterio contingat ex hoc diminui, quem potius cupimus augmentari,

Johannem de Helemmes ad levandum, exigendum, recipien-
dum et administrandum bona, fructus, redditus et proventus
dicti monasterii, et ad faciendum de eisdem dictis religiosis
provisionem in victu, vestitu et aliis neccessariis competentem et artam, prout commode poterit fieri, tenore presentium
deputamus; ita tamen quod totum residuum quod restabit
exinde, in extenuationem debitorum dicti monasterii et solutione, integre, sine fraude convertat; religiosis prefatis de
speciali gratia concedentes, quod nec ipsi, nec administrator,
sive deputatus predictus, ad solvendum aliquid pro dictis
debitis ultra dictum residuum, per distractionem bonorum
dicti monasterii, vel alio aliquo modo, compellantur. Damus
autem omnibus justiciariis et subditis nostris, tenore presentium, in mandatis, quod ipsi Johanni super premissis pareant
et intendant.

Datum Pyssiaci (1), ijᵃ die junii, anno Domini M° CCC°IX.

Bruxelles, *Archives générales du royaume;* Cartu-
laire 787, p. 40, copie du XIVᵉ siècle; *Ibidem,*
Manuscrit numéroté 34 parmi ceux provenant de
Cheltenham, f° iiijᵃ, copie du XIVᵉ siècle.

CXXI.

Hardelot, 27 août 1309.

*Philippe le Bel déclare que ceux qui garantissent le payement
des dettes de l'abbaye de Saint-Martin de Tournai, ne sont
engagés que dans les mêmes proportions que l'abbaye elle-
même.*

Philippus, Dei gratia Francorum rex, omnibus justiciariis
regni nostri ad quos presentes littere pervenerint salutem.

Cum nos religiosis viris abbati et conventui monasterii
Sancti Martini Tornacensis, in relevationem onerum debito-

---

(1) Poissy, Seine-et-Oise, arrondissement de Versailles, chef-lieu
de canton.

rum que, occasione guerre nostre Flandrensis, multipliciter
incurrerunt, per alias nostras litteras deputaverimus et eisdem
assignaverimus specialem administratorem bonorum monasterii eorumdem, qui ipsa bona quecunque recipiat, et eis religiosis ad victum et alia sibi neccessaria arta sibi sufficientia
per eum ministrata, residuum bonorum ipsorum in aquitationem debitorum ipsius monasterii distribuat et convertat;
ipsisque ex gratia concesserimus quod pro dictis debitis exsol-
vendis, ultra dictum residuum in eorum aquitationem, sicut
prediximus, distributum, nullatenus compellantur; nichilominus vos, seu quidam ex vobis, nonnullos qui se pro dicti
monasterii debitis ex causis principaliter obligarunt, licet
administrator predictus inviolabiliter, ut asserunt, exequatur
premissa, contra dictam gratiam compellitis, eo quod minime
specialiter exprimitur, ex quo prefati religiosi debito fructu
dicte gratie defraudantur, cum predictos pro eis obligatos in
hac parte teneantur a dampnis et sumptibus relevare; nos
itaque volentes ut religiosi predicti plenum fructum dicte
gratie consequantur, hujusmodi gratiam necdum ad eos,
verum etiam ad eorum fidejussores, et eos qui pro debitis ex
causa dicti monasterii contractis se principales obligarunt
debitores, unde constiterit, decernimus extendendam; man-
dantes vobis et vestrum singulis, quatinus prefatos religiosos,
et eorum fidejussores, vel eos qui pro eis sicut predicitur
fuerint obligati, contra hujusmodi gratie tenorem, molestari
seu quomodolibet impetere nullatenus presumatis.

Datum apud Hardeloe super mare (1), xxvij^a die augusti,
anno Domini M° CCC° IX°.

Bruxelles, *Archives générales du royaume;* Manuscrit numéroté 34 parmi ceux qui proviennent de
Cheltenham, f° iiij^a, copie du XIV° siècle.

---

(1) Hardelot, Pas-de-Calais, arrondissement de Boulogne-sur-
Mer, canton de Samer, commune de Condette.

CXXII.

Pierrefonds, 21 octobre 1309.

Philippe le Bel requiert le comte de Hainaut de mettre un terme aux agissements de ses officiers contre quatre Tournaisiens qu'ils prétendent juger indûment.

Philippus, Dei gratia Francorum rex, dilecto et fideli nostro G[uillelmo], comiti Hanonie (1), salutem et dilectionem.

Ex parte dilectorum nostrorum, prepositorum ac juratorum ville Tornacensis, accepimus quod vos seu gentes vestre, Jacobum de Corberiaco, Jacobum le Dain, Matheum de Maire et Evrardum Adlabem, concives Tornacenses, in causam trahere in Imperio, pro impositis eisdem excessibus, factis in regno nostro et in loco in quo prepositi et jurati predicti vendicant se habere omnimodam altam et bassam justitiam, intimini, in nostrum prejudicium, et dictorum prepositorum et juratorum, ac jurisdictionis eorumdem, non modicam lesionem, precipue cum offerant se paratos cuicunque conquerenti de concivibus suis et justiciabilibus predictis exhibere justitie complementum.

Quocirca requirimus vos quatinus, a premissis cessantes, que per vos ac gentes vestras super premissis injuste facta sunt, revocetis et ad statum debitum faciatis reduci, taliter ne oporteat super hoc de alio remedio provideri.

Actum apud Petrefontem (2), xxiª die octobris, anno Domini Mº CCCº nono.

Sur la queue de parchemin :) P. d. P. de Laud. — P. de Laud.

Tournai, *Archives communales;* Chartrier, layette de 1309. — Original jadis scellé sur double queue de parchemin

---

(1) Guillaume Ier, le Bon.

(2) Pierrefonds, Oise, arrondissement de Compiègne, canton d'Attichy.

CXXIII.

Paris, samedi 11 avril 1310 (n. st.).

*Philippe le Bel mande à l'évéque de Soissons de faire une
enquête sur le point de savoir si le lieu dit les Follets, où
les gens du comte de Hainaut ont fait acte de juridiction,
est ou non du royaume de France* (1).

Philippus, Dei gratia Francorum rex, dilecto et fideli nostro
episcopo Suessionensi (2) salutem et dilectionem.

Cum inter cetera per Curiam nostram dictum fuerit quod
commissarii dabuntur super debato quod pendet in Curia
nostra inter prepositos et juratos de Tornaco, ex una parte, et
dilectum et fidelem nostrum comitem Hanonie, ex altera,
ratione quarumdam furcarum diruptarum existentium prope
molendinum Alardi de Mota, et furcarum de Folais, necnon
ratione captionis Johannis de Rupplemonde, Johannis Le
Viczwarier, in loco de Folais, et redemptionis ab eis levate;
qui, vocatis partibus, ibunt ad dicta loca, et diligenter inquirent ad finem civilem veritatem, utrum loca predicta sint in
regno nostro, et inquestam quam super hoc fecerint, ad nostram Curiam reportabunt.

Mandamus et committimus vobis, quatinus adjuncto vobiscum Ancelino de Wareignies, vel Johanne de Varennis,
militibus nostris, illo videlicet quem habere poteritis ex
eisdem, ad dicta loca personaliter conveniatis, et secundum
quod premissum est, faciatis et compleatis, et quicquid super

---

(1) Voir au sujet de ce mandement la Preuve LXXXIX et la note
qui s'y trouve jointe.

(2) Guy de la Charité.

hoc feceritis, Curie nostre mittatis sub vestris fideliter inclusam sigillis ad futurum proximum pallamentum.

Actum Parisius, die sabbati ante Ramos palmarum, anno
Domini M° CCC° IX°.

Tournai, *Archives communales;* Chartrier, layette
de 1309. — En vidimus original, jadis scellé sur
simple queue de parchemin, délivré par Guy, évêque
de Soissons, le dimanche veille de la saint Matthieu 1310.

CXXIV

Creil, jeudi 28 mai 1310.

Philippe le Bel mande à l'évêque de Soissons de se tranporter
à Rumillies, pour y faire une enquête sur le point de savoir
si l'emplacement de la maison de Guillaume de Bouquaut,
brûlée par les gens du comte de Hainaut, est ou non dans
le royaume de France (1).

Philippus, Dei gratia Francorum rex, dilecto et fideli nostro
episcopo Suessionensi salutem et dilectionem.

Ex parte prepositorum et juratorum Tornacensium, ac
Willelmi de Bouquaut, concivis ipsorum, fratris quondam
Egidii de Bouquaut defuncti, nobis fuit expositum, quod cum,
auditis in Curia nostra partibus, per ipsam Curiam dictum
fuerit quod in causis civilibus que pendent in ipsa Curia inter
dictos prepositos et juratos, ex una parte, et dilectum et fidelem nostrum comitem Hanonie, ex altera, comissio renovaretur,
nisi jam esset renovata, et super aliis quibusdam debatis in
ipsa Curia inter dictas partes pendentibus comissarii darentur
qui, vocatis partibus, ad loca irent et diligenter inquirerent
veritatem utrum dicta loca essent in regno nostro, et inques-

---

(1) Cette pièce est à rapprocher des Preuves LXXXIII et
suivantes. Cfr. aussi la Preuve CXIX.

15

tam quam inde facerent ad nostram Curiam reportarent; et
omissum fuerit poni in commissione super hoc facta debatum
quod in dicta Curia pendet inter dictos prepositios, juratos et
dictum Willelmum conjunctim, ex una parte, et dictum comitem, quatenus eum tangit, ex altera, occasione combustionis
domus dicti Egidii defuncti, site apud Rumignies (1) prope
Tornacum; quod quidem debatum ipsum comitem civiliter
tangit, pro eo solum quod asserit domum predictam extra
regnum nostrum in comitatu suo Hanonie sitam fuisse, parte
adversa econtra dicente domum ipsam sitam fuisse infra fines
regni nostri; et sic in parlamento nostro inter dictas partes
fuerit super hoc litigatum, supplicantes sibi super hoc de
oportuno per nos remedio provideri.

Quocirca vobis committimus et mandamus quatinus, adjuncto vobiscum Anselino de Warignies, vel Johanne de
Varennis, militibus nostris, illo videlicet quem habere poteritis ex eisdem, ad dictum locum de Rumignies personaliter
conveniatis, et vocatis qui vocandi fuerint, inquiratis utrum
locus in quo dicta domus combusta sita fuit, sit de regno
nostro, et inquestam inde factam Curie nostre remittatis sub
vestris inclusam sigillis ad futurum proximo parlamentum.
Damus autem omnibus justiciariis et subditis nostris tenore
presentium in mandatis, ut in hac parte vobis et adjuncto
vestro pareant efficaciter et intendant.

Datum Credulii (2), in festo Ascensionis Domini, anno ejusdem M° CCC° decimo.

Tournai, *Archives communales;* Chartrier, layette de
1310. — En vidimus original sur parchemin, scellé
sur double queue, en cire verte, délivré par Jehan
Ploiebauch, prévôt de Paris, le vendredi devant la
Pentecôte 1310.

(1) Rumillies, Hainaut, arrondissement et canton de Tournai.
(2) Creil, Oise, arrondissement de Senlis, chef-lieu de canton.

CXXV.

Paris, vendredi 29 janvier 1311 (n. st.).

Philippe le Bel publie un arrêt du parlement de Paris, invitant le bailli de Vermandois et les péagers de Péronne à respecter les droits des Tournaisiens, qui ne sont point tenus de faire passer par Péronne les marchandises dont ils font commerce (1).

Philippus, Dei gratia Francorum rex, universis presentes litteras inspecturis salutem.

Notum facimus quod cum... procurator prepositorum, juratorum et scabinorum Tornacensium quereretur ex eo quod baillivus Viromandensis et pedagiarii de Perona, Gilonis Le Kien, Petri de Watrelos, Tassardi de Vico cecorum, et Colardi de Mauritania, mercatorum et civium Tornacensium, mercaturas quas ipsi in franchisia duci faciebant, injuste et de novo, ut dicebat, arrestari fecerant, tam apud Luperas quam apud Burgetum, requirens dictum arrestum amoveri et dictas mercaturas predictis Tornacensibus deliberari; predictis baillivo et pedagiariis econtra proponentibus se juste dictum arrestum fecisse, et dictas mercaturas nobis esse commissas pro eo, ut dicebant, quod ductores dictarum mercaturarum que cheminum debebant per Peronam et ibi pedagium reddere, dictum cheminum in fraudem mutaverant pedagii supradicti; predicto procuratore econtrario proponente quod Tornacenses dictum cheminum non debent, immo possunt ire quo volunt, suas rectas consuetudines solvendo, registrum nostre curie allegando super hoc, et quod ipsi sunt in bona saisina ducendi seu duci

---

(1) Ce curieux arrêt est à rapprocher de la Preuve XXVI.

faciendi averia sua per quecunque chemina ipsi voluerint de partibus suis in franchisia, solvendo in locis per que transeunt deveria consueta, et quod dicti conductores apud Rosetum et alia loca per que ipsi cum dictis mercibus transierant, pedagium solverant et illa que debebant.

Tandem auditis partium rationibus predictarum, et viso registro predicto, in quo continetur quod omnia averia que transcunt de Flandria, sive in Franciam, sive in Burgundiam sive in Campaniam, sive ultra montes, sive in Provinciam, debent pedagium apud Bapalmam, et omnia vina venientia de Francia, vel de Burgundia in Flandriam euntia, debent pedagium apud Bapalmam; omnes autem illi qui debent pedagium apud Bapalmam, debent pedagium apud Peronam, apud Royam, apud Compendium et Crispiacum; Ternenses vero, et Bononienses, et Normanni, et Corbeyenses, Ambianenses, Pontivenses, Belvacenses, Tornacenses, Cameracenses et Falquembergenses, omnes isti vadunt quo volunt reddendo suas rectas consuetudines; sed si isti apportarent averia de Flandria in terras predictas, ipsi redderent pedagium apud Bapalmam sicut alii, vel reportando vina, sicut supradictum est; injunxit Curia nostra ballivo predicto quod ipse, contra dicti registri tenorem et observatam hactenus ab antiquo in predictis consuetudinem, non molestet injuste super hoc mercatores predictos.

In cujus rei testimonium presentibus nostrum fecimus apponi sigillum.

Actum Parisius, die veneris post festum beati Vincentii, anno Domini M° CCC° decimo.

Tournai, *Archives communales;* Chartrier, layette de 1310. — En vidimus original sur parchemin, scellé sur double queue, en cire brune, délivré par le prévôt de Paris, Jehan Ploiebauch, le lundi devant la feste saint Pere en février 1311.

CXXVI

Paris, 15 octobre 1312.

Philippe le Bel mande à Pierre de Galard, capitaine de Flandre, de faire respecter par le bailli de Lille le privilège qu'ont les magistrats de Tournai de juger les délits commis en Flandre par les bourgeois de leur ville.

Philippus, Dei gratia Francorum rex, dilecto Petro de Galardo, militi nostro, capitanco Flandrie, salutem et dilectionem.

Prepositi et jurati ville Tornacensis nobis exponi fecerunt quod cum ipsi, per punctum carte a comitibus Flandrie sibi concesse, et per nos vel predecessores nostros postmodum confirmate (1), privilegiati existant quod si aliquis de burgensibus dicte ville, vel filius burgensis, in terra et dominio comitis Flandrie quodcunque delictum commictat, nisi in presenti delicto fuerit deprehensus, cognitio et punitio hujusmodi delicti debet ad dictos prepositos et juratos totaliter pertinere, nec poterit dictus comes hujusmodi burgenses justiciare, adjornare, bannire, nec bona eorum propter hoc arrestare, et de hoc dicti prepositi et jurati quociens casus se obtulit se asserant pacifice hactenus usos fuisse; nichilominus ballivus noster Insulensis, terram Insulensem ad manum nostram tenens, contra cartam et libertatem predictas attemptare satagens, indebite et de novo Johannem de Borguelle, et alios certos burgenses ville Tornacensis predicte, pro imposito sibi quodam homicidio in Insulensi ballivia, ut dicitur, perpetrato, licet in aliquo presenti delicto non fuerint deprehensi, coram se facit ad judicium evocari, in ipsorum prepositorum et juratorum

---

(1) Cfr. à ce sujet la Preuve XVI.

prejudicium et gravamen, maxime cum de ipsis paratos se asserant justiciam exhibere;

Quocirca mandamus vobis quatinus si, vocato dicto ballivo, et aliter evocato, constiterit de predictis ipsum ballivum a dicta in jus vocatione desistere, compellentes prepositos et juratos predictos non permittatis in hac parte indebite perturbari. Si autem super hoc oriatur debatum, debato ad manum nostram posito, et recredencia per nos tanquam superiorem facta, partibus ipsis super hoc assignetis diem ballivie Ambianensis proximi parlamenti.

Actum Parisius, die xvᵃ octobris, anno Domini Mᵒ CCCᵒ duodecimo.

Tournai, *Archives communales;* Chartrier, layette de 1312. — En vidimus original, scellé sur double queue de parchemin, en cire verte, délivré par Jehan Ploiebauch, prévôt de Paris, le jour de la saint Luc 1312.

PHILIPPE LE BEL

ET

LES TOURNAISIENS

PAR

Armand d'HERBOMEZ

ARCHIVISTE-PALÉOGRAPHE

———◄•••••••►———

BRUXELLES

HAYEZ, IMPRIMEUR DE L'ACADÉMIE ROYALE DES SCIENCES
DES LETTRES ET DES BEAUX-ARTS DE BELGIQUE
Rue de Louvain, 112

1893-97

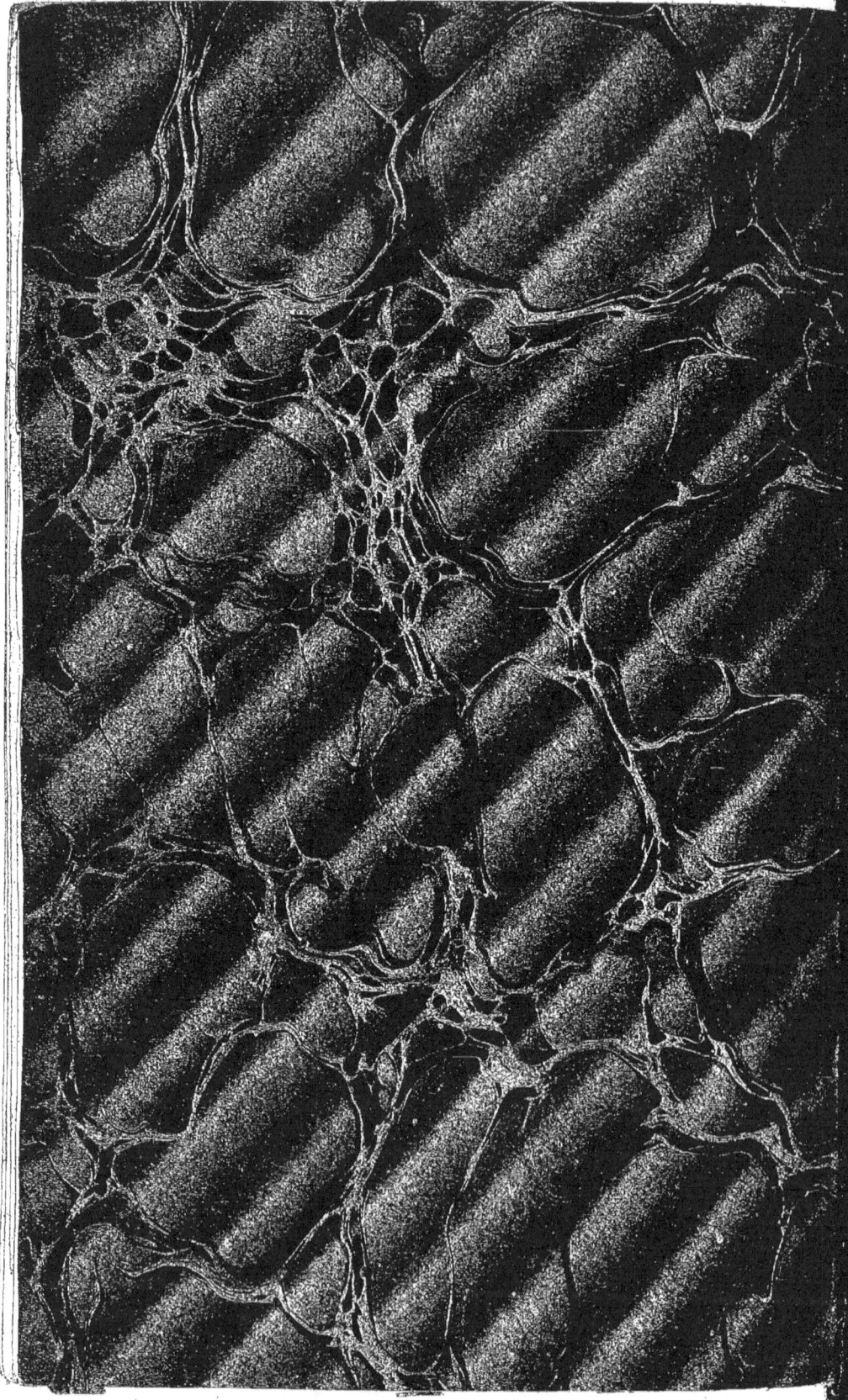

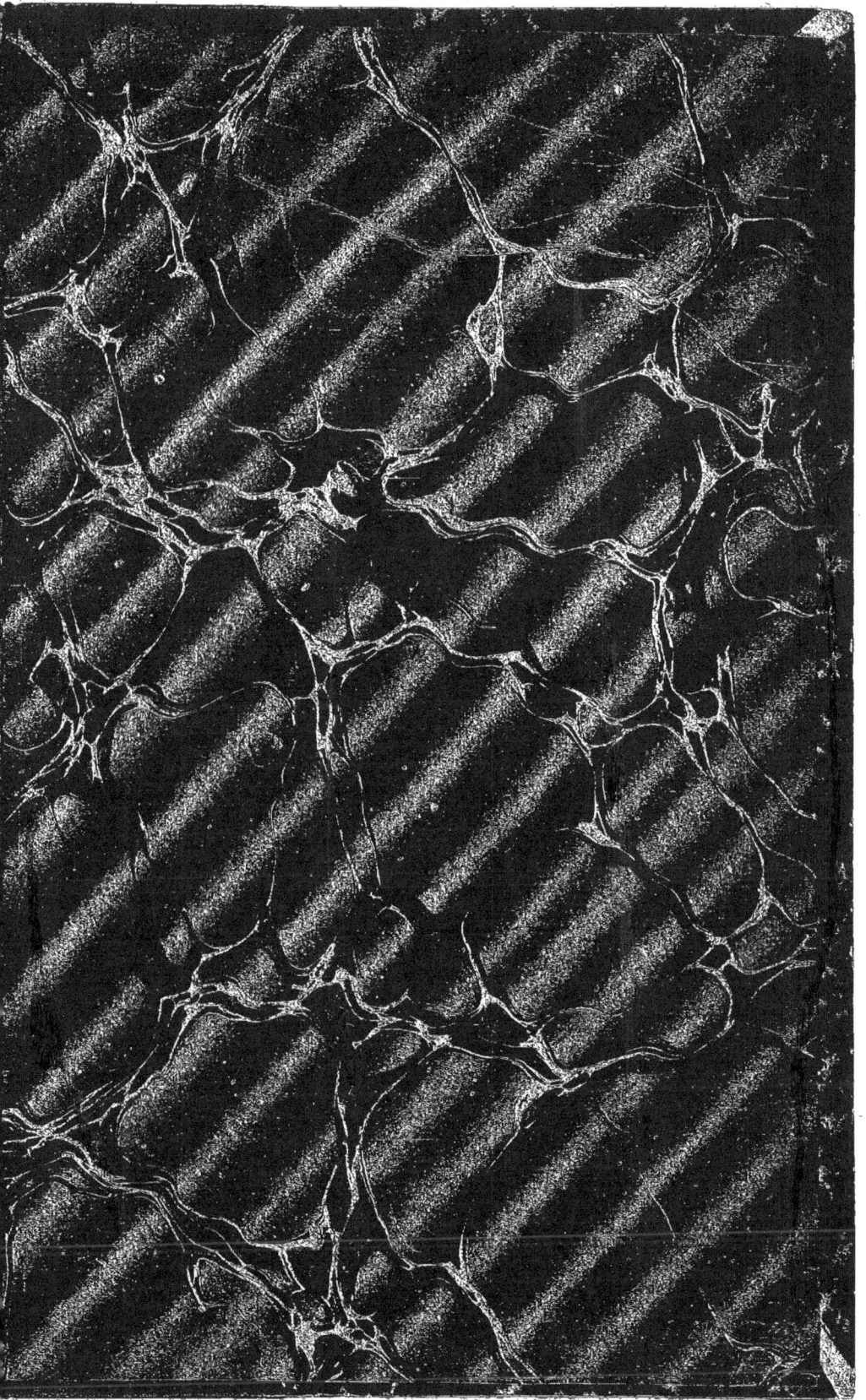

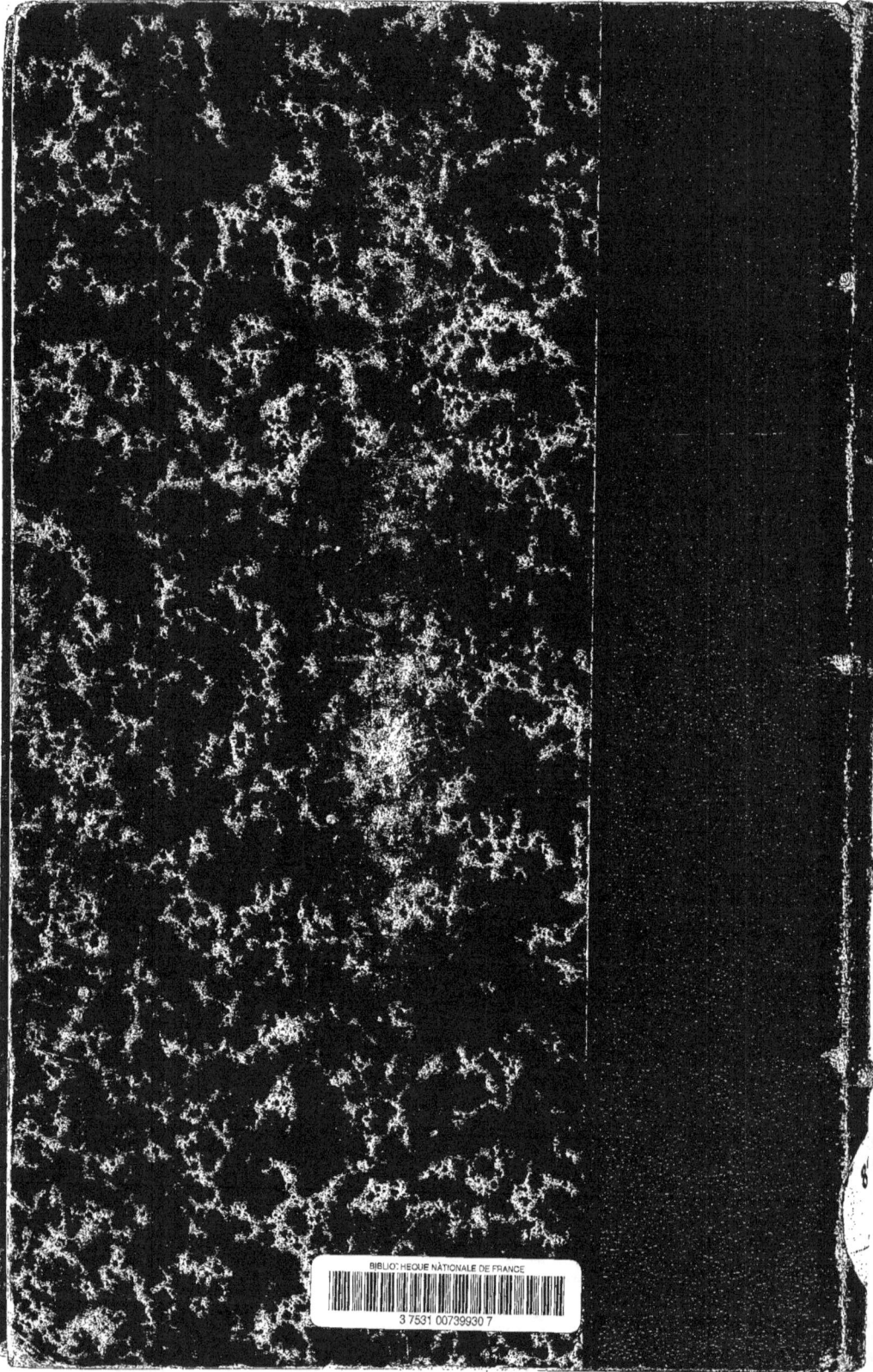